Grec cherche Grecque

Du même auteur
aux Editions Albin Michel

LA PROMESSE

LA VILLE
ET AUTRES PROSES DE JEUNESSE

LA CHUTE D'A

SUR ISRAËL

ROMANS
(La Panne. Le Juge et son bourreau. Le Soupçon)

Friedrich Dürrenmatt

Grec cherche Grecque

UNE COMÉDIE EN PROSE

Traduit de l'allemand
par Denise Van Moppès

Albin Michel

Collection «Bibliothèque Albin Michel»

Édition originale :
GRIECHE SUCHT GRIECHIN

22, rue Huyghens, 75014 Paris

ISBN 2-226-03374-2
ISSN 0298-2447

Friedrich Dürrenmatt est né en 1921 à Konolfingen (canton de Berne). Son père était pasteur. Etudes de philosophie et d'histoire de la littérature à Berne, puis à Zurich.

Il a débuté en 1946 par une pièce de théâtre, *Les Fous de Dieu.* En 1948-1949, il collabore au cabaret Cornichon où sont joués ses sketches. En 1952, il assure la critique dramatique à la «Weltwoche». *L'Aveugle, Romulus, Monsieur Mississipi,* joué en France, *Un Ange arrive à Babylone,* le font connaître comme auteur dramatique ; il monte de nombreuses pièces pour la radio et publie une étude : *Les Problèmes du Théâtre.* Le succès en France, en Allemagne et en Amérique de *La Visite de la vieille dame* (1956) lui apporte la célébrité.

La Panne, son premier roman paru en France en 1958, fut une révélation. Il publie ensuite *La Promesse, Le Juge et son Bourreau, Le Soupçon, Grec cherche Grecque* et *La Ville* (tous aux Editions Albin Michel).

Il plut pendant des heures, des nuits, des jours, des semaines. Les rues, les avenues, les boulevards luisaient, trempés ; des ruisseaux, des rivières, de véritables petits fleuves où nageaient les autos, coulaient le long des trottoirs ; emmitouflés dans leurs manteaux, les gens marchaient sous leurs parapluies, dans des chaussures mouillées et des chaussettes de plus en plus humides ; les géants, amours et aphrodites qui soutenaient les balcons des palais et des hôtels ou se collaient aux façades, ruisselaient, dégoulinaient, rayés de rigoles et de fiente d'oiseau diluée, et les pigeons cherchaient un abri sous le fronton grec du Parlement entre les jambes et les poitrines des bas-reliefs patriotiques. Ce fut un pénible janvier. Puis vint la brume, elle aussi pendant des jours, des semaines, et une épidémie de grippe, pas trop grave chez les gens de la bonne société où elle emporta néanmoins quelques vieilles tantes à héritage et quelques respectables hommes d'état, mais meurtrière surtout pour les clochards qui couchaient sous les ponts et sur les berges du fleuve. Dans l'intervalle, la pluie se remit à tomber. Interminablement.

Il s'appelait Arnolphe Archilochos et Madame Bieler disait derrière son comptoir : « Le pauvre garçon ! Comment peut-on s'appeler comme ça ? Auguste, apporte-lui encore un verre de lait. »

Et le dimanche, elle disait : « Apporte-lui encore une Perrier. »

Son frêle mari, toutefois, vainqueur d'un légendaire Tour de Suisse, second d'un Tour de France plus légendaire encore, et qui servait en costume cycliste et maillot jaune (il avait une petite clientèle d'amateurs de cyclisme) n'était pas d'accord. « Georgette », lui disait-il parfois le matin en se levant, ou bien au lit, ou encore derrière le poêle quand tout le monde était parti et qu'il pouvait réchauffer ses jambes grêles et velues, « Georgette, je ne comprends pas ton amour pour M. Archilochos. C'est pas un homme, ça, c'est une lavette. On ne peut tout de même pas passer sa vie à boire du lait et de l'eau minérale ! »

« Toi aussi, il y a eu un temps où tu ne buvais pas autre chose », ripostait alors Georgette de sa voix grave, les poings sur les hanches ou, si elle était couchée, les bras croisés sur sa montagneuse poitrine.

« D'accord », disait Auguste Bieler après avoir longuement réfléchi tout en se massant les jambes, « mais c'était pour gagner le Tour de Suisse, et je l'ai gagné et par des cols hauts comme ça, et presque le Tour de France. Moi, j'avais une raison. Mais M. Archilochos ? Il n'a seulement jamais couché avec une femme. A quarante-cinq ans ! »

Ce dernier point contrariait aussi Madame Bieler et elle était toujours gênée quand Auguste l'abordait, en costume cycliste ou au lit. L'on ne pouvait nier que M. Arnolphe, comme elle appelait Archilochos, eût certains principes. Par exemple, il ne fumait pas et il jurait encore moins. En outre, Georgette ne pouvait pas se le représenter en chemise de nuit ou tout nu, tant il avait l'air correct et « habillé », bien que pauvrement.

Son univers était solidement établi : au sommet de cette structure morale et ordonnée, trônait le chef de l'état.

« Croyez-moi, Madame Bieler », disait parfois Archilochos en regardant respectueusement le portrait du président encadré d'edelweiss derrière le comptoir, au-dessus de l'assortiment des bouteilles de liqueur, « croyez-moi, notre président est un homme sobre, un philosophe, presque un saint. Il ne fume pas, ne boit pas, il est veuf depuis trente ans déjà et il n'a pas d'enfants. C'est dans les journaux. »

Madame Bieler n'osait pas le contredire. Elle aussi, comme tout le monde dans le pays, avait une certaine considération pour le chef de l'état ; c'était le seul pôle stable dans les remous politiques, dans la succession ininterrompue des gouvernements, mais un tel parangon de vertu lui paraissait anormal. Elle préférait n'y pas croire.

« C'est dans les journaux, d'accord », fit-elle. Mais personne ne sait ce qu'il est au juste. Les journaux mentent, tout le monde vous le dira.

C'était une erreur, répondit Archilochos, le monde était foncièrement moral, et il commença à boire son Perrier avec une modération cérémonieuse comme si c'était du champagne.

« Auguste aussi croit ce qu'il y a dans les journaux. »

« Non », dit Georgette. « Il sait ce que c'est. Auguste ne croit pas un mot de ce qu'il y a dans les journaux. »

« Voyons ! Il ne croit pas les résultats sportifs qu'il lit dans les journaux ? »

Madame Bieler ne savait que répondre à cela.

« La vérité est visible », continua Archilochos en essuyant ses lunettes à monture de fer gondolée. « Elle éclaire le visage du président comme elle éclaire celui de mon évêque. »

Et il se tourna vers le portrait suspendu au-dessus de la porte.

Tout de même, l'évêque était très gros, objecta Madame Bieler, ce devait être un bon vivant, pas si vertueux que ça.

Archilochos restait inébranlable dans sa conviction.

« C'est sa nature », répondit-il. « S'il ne vivait pas vertueusement, philosophiquement, il serait encore plus gros. Regardez Fahrck, au contraire. Désordonné, excessif, arrogant. Un pécheur à tous les points de vue. Et vaniteux. »

Il désignait du pouce, par-dessus son épaule droite, l'image du révolutionnaire décrié.

Madame Bieler protesta. « Vaniteux, dites pas ça, avec cette gueule et ces cheveux fous. Et avec ses sympathies sociales. »

C'était une autre forme de vanité, voilà tout, répliquait Arnolphe. « Je ne comprends pas ce que ce corrupteur fait ici. Quand on pense qu'il sort de prison. »

« Oh, on ne sait jamais », répondait alors invariablement Madame Bieler, et elle vidait d'un trait son verre de Campari. « On ne sait jamais. En politique, il faut être prudent. »

Pour en revenir au portrait de l'évêque — celui de Fahrck lui faisait face — ce prélat était le numéro deux dans le monde hiérarchisé de M. Archilochos. Ce n'était pas un évêque catholique, bien que Madame Bieler fût bonne catholique à sa manière et allât à l'église — quand elle y allait — pour y pleurer de tout son cœur (mais elle pleurait du même cœur au cinéma) ; l'évêque n'était pas non plus protestant, Auguste Bieler (dit Gusti) originaire de la Suisse allemande, le premier Géant de la Route de la Confédération (*Sport* du 9-9-1929) ne pouvait pas reconnaître d'autre évêque que zwinglien (cela aussi, d'ailleurs à sa manière : il ne se doutait même pas qu'il était zwinglien) ; non, l'évêque en question était le chef des anciens nouveaux presbytériens des avant-derniers chrétiens, secte un peu tombée et imprécise, importée d'Amérique, et il pendait à présent au-dessus de la porte parce qu'Archilochos était arrivé chez Georgette, le portrait sous le bras.

Il y avait neuf mois de cela. Dehors, un jour de mai, de grandes taches de soleil sur les trottoirs, des rayons obliques dans le petit café, le maillot jaune d'Auguste doré par la lumière ainsi que ses tristes jambes de cycliste auréolées de poils.

« Madame », avait dit gravement Archilochos, « je suis venu parce que j'ai remarqué le portrait de notre président dans votre salle. Au-dessus du comptoir, à la place d'honneur. Je suis patriote et rassuré. Je cherche un endroit où prendre mes repas. Un foyer. Mais il faut que ce soit toujours à la même place, de préférence dans un coin. Je suis célibataire et comptable, je mène une existence correcte et suis rigoureusement antialcoolique. Je ne fume pas non plus, et je jure encore moins. »

Là-dessus, ils s'étaient mis d'accord sur le prix.

« Madame », avait-il dit ensuite en lui tendant le portrait et en la regardant mélancoliquement à travers ses petites lunettes poussiéreuses, « Madame, puis-je vous prier d'exposer sur le mur cet évêque des anciens nouveaux presbytériens des avant-derniers chrétiens ? De préférence près du chef de l'état. Je ne peux plus manger dans une salle où il ne soit pas et c'est à cause de cela que j'ai quitté le local de l'Armée du Salut où je prenais autrefois mes repas. Je vénère mon évêque. C'est un modèle, un homme sobre et profondément chrétien. »

C'est ainsi que Georgette avait pendu l'évêque des avant-derniers chrétiens, mais seulement au-dessus de la porte où il siégeait, homme de bien muet et satisfait, parfois désavoué pourtant par Auguste qui répondait laconiquement aux rares questions qu'on lui posait sur ce portrait : « Un amateur de cyclisme. »

Trois semaines plus tard, Archilochos apporta un second portrait. Une photographie. Avec signature autographe. Elle représentait Petit-Paysan, le propriétaire de la fabrique de machines Petit-Paysan. Archilochos serait heureux, dit-il, si Petit-Paysan figurait lui aussi au mur de la petite salle. A la place de Fahrck, peut-être ? Il expliqua que, dans son univers moral, le fabricant de machines occupait la troisième place.

Madame Georgette était contre :

« Petit-Paysan fabrique des mitraillettes », dit-elle.

« Et alors ? »

« Des tanks. »

« Et alors ? »

« Des canons atomiques. »

« Vous oubliez le rasoir Petit-Paysan et le forceps Petit-Paysan, Madame Bieler, tous appareils utiles à l'humanité. »

« Monsieur Archilochos », dit sévèrement Georgette, « vous avez tort de défendre Petit-Paysan. »

« Je suis employé chez lui », répondit Arnolphe.

Georgette se mit à rire. « Dans ce cas-là, à quoi ça vous sert de boire du lait et de l'eau minérale et de pas manger de viande (Archilochos était végétarien) et de pas faire l'amour ? Petit-Paysan est fournisseur aux armées et quand l'armée est fournie on fait la guerre. C'est toujours comme ça. »

Archilochos protesta.

« Pas chez nous », s'écria-t-il, « pas avec notre président ! »

« Ah, celui-là ! »

Archilochos ne se laissa pas démonter. Elle ne connaissait pas, dit-il, les maisons de repos pour les futures mères ouvrières, ni les foyers pour les pères d'ouvriers infirmes, fondés par Petit-Paysan. Petit-Paysan était un homme moral, un vrai chrétien.

Mais Madame Bieler demeura inébranlable et c'est pourquoi ne pendait au mur, en dehors des deux premiers modèles de M. Archilochos (pâle, modeste et grassouillet, assis dans son coin entre les amateurs de cyclisme), que le tout dernier personnage de son ordre du monde : le principe négatif, Fahrck le communiste qui avait fomenté le coup d'état de San Salvador et la révolution de Bornéo. Car Arnolphe n'avait pas réussi non plus à faire accepter son numéro quatre à Georgette.

Pourquoi ne suspendrait-on pas cette image sous le portrait de Fahrck ? avait-il suggéré en tendant à madame Bieler une médiocre reproduction de tableau.

Qui avait bien pu peindre ça ? avait demandé Georgette étonnée devant les carrés triangulaires et les cercles aplatis qu'on y voyait.

« Passap. »

Ainsi, M. Arnolphe admirait ce peintre célèbre dans le monde entier, mais Georgette continuait à se demander ce que le tableau représentait.

« La vie vertueuse », affirma Archilochos.

« Mais il y a écrit au-dessous : Chaos », s'écria Georgette en désignant le coin en bas à droite de l'image.

Archilochos secoua la tête. « Les grands artistes créent inconsciemment », dit-il. « Moi je sais que ça représente la vie vertueuse. »

Georgette ne voulut rien entendre et Archilochos vexé ne parut pas de trois jours. Mais il revint et Madame Bieler apprit peu à peu à connaître la vie de M. Arnolphe, si l'on pouvait appeler vie cette existence ponctuelle, rangée et aberrante. L'ordre universel d'Archilochos comportait encore, par exemple, trois personnages numérotés de cinq à huit.

Le numéro cinq était Bob Forster-Monroe, l'ambassadeur des Etats-Unis qui n'était pas, il est vrai, un ancien nouveau presbytérien mais un ancien presbytérien des avant-derniers chrétiens, différence pénible mais non désespérée sur laquelle Archilochos, nullement intolérant en matière de religion, pouvait discourir pendant des heures. (Il ne repoussait formellement, en dehors des autres Eglises, que les nouveaux presbytériens des avant-derniers chrétiens.)

Le numéro six de sa hiérarchie était maître Dutour.

Le numéro sept, Hercule Wagner, rector magnificus de l'université.

Dutour avait défendu jadis un assassin sadique, (depuis longtemps décapité), prédicateur auxiliaire des anciens nouveaux presbytériens (la chair avait dominé l'esprit du prédicateur auxiliaire, l'âme était restée à l'écart, immaculée, sauvée) ; le rector magnificus, lui, avait visité le foyer des étudiants des avant-derniers chrétiens et conversé cinq minutes avec le numéro deux de l'ordre universel (l'évêque).

Le numéro huit était Bibi Archilochos, frère d'Arnolphe, un bien brave homme, affirmait ce dernier, mais chômeur, ce qui étonnait Georgette car Petit-Paysan donnait du travail à tout le pays.

Archilochos habitait une mansarde pas loin de « Chez Auguste », comme on appelait le petit café du champion, mais il lui fallait plus d'une heure pour atteindre le lieu de son travail dans le bâtiment blanc à vingt étages construit par Le Corbusier pour abriter les bureaux de la fabrique de machines Petit-Paysan, société anonyme. Pour ce qui est de la mansarde : cinquième étage, couloir malodorant, exiguë, les murs de travers, le papier de mur fané, une chaise, une table, un lit, une bible ; derrière un rideau, son complet du dimanche. Aux murs : premièrement le chef de l'état, deuxièmement l'évêque, troisièmement Petit-Paysan, quatrièmement la reproduction d'un tableau de Passap (triangles carrés) et ainsi de suite jusqu'à Bibi (portrait de famille avec enfants). Paysage : vue sur une façade crasseuse à deux mètres de la fenêtre, mur des cabinets, taches mystérieuses blanchâtres, jaunâtres et verdâtres ; rangées régulières de petites lucarnes ouvertes et puantes que la lumière du soleil n'éclairait qu'un instant vers midi en plein été, et, par là-dessus, le bruit des chasses d'eau. Quant au lieu de travail, partagé avec cinquante autres comptables : une grande pièce subdivisée par des cloisons de verre labyrinthiennes qui ne permettaient que des déplacements en zigzag, au septième étage, section des forceps ; protège-manches, crayon derrière l'oreille, blouse de travail grise ; déjeuner à la cantine où Arnolphe souffrait de ne voir ni le chef de l'état ni l'évêque ; il n'y avait que Petit-Paysan (numéro trois). Archilochos n'était pas véritablement comptable, sous-comptable seulement. Plus exactement encore : le sous-comptable d'un sous-comptable. Bref, un des sous-comptables du dernier rang si l'on peut définir un dernier rang dans la société anonyme Petit-Paysan, le nombre des comptables et sous-comptables y étant pratiquement infini ; cependant, même ce poste modeste, presque le plus bas, était bien mieux rétribué que sa mansarde ne l'eût donné à supposer. La cause qui le confinait dans ce sombre enfer environné de cabinets d'aisance s'appelait Bibi.

Madame Bieler fit également la connaissance du numéro huit (le frère). Arnolphe avait invité Bibi Archilochos à déjeuner, un dimanche. Chez Auguste.

Bibi vint avec sa femme, deux maîtresses et les sept enfants dont les aînés, Théophile et Gottlieb, étaient presque adultes. Magda-Maria, treize ans, avait amené un soupirant. Bibi but comme un trou, sa femme était flanquée d'un « oncle », — du moins l'appelait-on ainsi —, capitaine en retraite et inséparable de la dame. Ce fut un spectacle infernal que les amateurs de cyclisme eux-mêmes trouvèrent un peu fort. Théophile se vanta de son séjour en prison, Gottlieb d'un cambriolage dans une banque ; Mathieu et Sébastien, douze et neuf ans, jouaient du couteau, et les deux plus jeunes, jumeaux de six ans, Jean-Christophe et Jean-Daniel, se disputèrent une bouteille d'absinthe.

« Quel monde ! » s'écria Georgette scandalisée après le départ de la meute diabolique.

« Ce sont des enfants », fit Archilochos indulgent, et il régla l'addition (un demi-mois de salaire).

« Ecoutez », s'indigna Madame Bieler. « Votre frère entretient une bande de voleurs. Et vous lui donnez encore de l'argent ? Presque tout ce que vous gagnez ? »

Mais la foi d'Archilochos ne se laissait pas entamer. « Il faut voir le tréfonds, madame Bieler », dit-il, « et le tréfonds est bon. Chez tous les hommes. L'apparence est trompeuse. Mon frère, sa femme et ses enfants sont des gens bien, mais ils ne sont sans doute pas faits pour cette vie. »

Aujourd'hui, cependant, encore un dimanche et dès neuf heures et demie du matin, il entra pour une tout autre raison dans le petit café, une rose rouge à la boutonnière et attendu avec impatience par Georgette. La cause de tout cela était l'interminable pluie, la brume, le froid, les chaussettes constamment mouillées et l'épidémie de grippe qui avait fini par se transformer en grippe intestinale, si bien qu'Archilochos — nous connaissons sa chambre — ne pouvait plus dormir à cause des incessantes chasses d'eau. Il en était tout déprimé, de même que par l'enflure des ruisseaux dans les rues, et c'est pourquoi il avait finalement cédé lorsque Madame Bieler était revenue à la charge sur un sujet particulier qui lui tenait à cœur.

« Vous devriez vous marier, Monsieur Arnolphe », avait-elle dit. Ce n'est pas une vie que vous menez dans votre mansarde, et ici au milieu des amateurs de cyclisme. Ce n'est pas ce qu'il faut à un homme comme vous qui s'intéresse aux choses élevées. Vous avez besoin d'une femme qui s'occupe de vous. »

« Mais vous vous occupez de moi, Madame Bieler. »

« Si vous prenez femme, ce sera tout autre chose. Une chaleur douillette. Vous verrez. »

Elle avait fini par le convaincre de publier une annonce dans *Le Soir* et lui avait aussitôt apporté du papier, une plume et de l'encre.

« Célibataire, comptable, quarante-cinq ans, ancien nouveau presbytérien, sentiments délicats, cherche ancienne nouvelle presbytérienne... » conseilla-t-elle.

« Ce n'est pas nécessaire », dit Archilochos. « J'amènerai moi-même ma femme à la vraie foi. »

Georgette en convint. « ... cherche femme gentille et gaie, âge en rapport, veuve ne pas s'abstenir... »

Il fallait qu'elle fût jeune fille, déclara Archilochos.

Georgette insista. « Otez-vous les jeunes filles de la tête », dit-elle énergiquement. « Vous n'avez encore jamais couché avec une femme et il faut bien qu'un des deux sache s'y prendre. »

Il voyait son annonce tout autrement, objecta hardiment M. Arnolphe.

« Comment ça ? »

« GREC CHERCHE GRECQUE ! »

« Mon Dieu », fit Madame Bieler stupéfaite. « Vous êtes grec ? » et elle considéra fixement le physique épais, balourd et plutôt nordique de M. Archilochos.

« Oh, je sais bien, Madame Bieler », dit-il humblement, « que je n'ai pas exactement ce qu'on appelle le type grec, et il y a d'ailleurs très longtemps que mon ancêtre a immigré dans ce pays et est mort à Nancy au côté de Charles le Hardi. Non, je n'ai plus le type grec. Je l'avoue. Mais maintenant, Madame Bieler, dans cette brume, par ce froid et sous cette pluie, j'ai la nostalgie de mon pays — cela m'arrive souvent l'hiver —, de mon pays que je n'ai jamais vu, du

Péloponèse avec ses roches rouges et son ciel bleu (j'ai lu quelque chose là-dessus dans *Match*) et c'est pourquoi je ne voudrais épouser qu'une Grecque car elle doit se sentir ici aussi seule que moi. »

« Vous êtes un vrai poète », avait alors répondu Georgette et elle s'était essuyé les yeux.

Et voici qu'Archilochos reçut une réponse dès le surlendemain. Une petite enveloppe parfumée, une petite carte bleue comme le ciel du Péloponèse. Chloé Saloniki lui écrivait qu'elle se sentait seule et demandait quand elle pourrait le voir..

Il avait alors répondu à Chloé sur les conseils de Georgette : chez Auguste, tel dimanche de janvier. Signe distinctif, une rose rouge.

Archilochos mit son costume de premier communiant, bleu foncé et oublia de prendre son pardessus. Il était agité. Il se demandait s'il n'aurait pas mieux fait de retourner se terrer dans sa mansarde et, pour la première fois, il fut contrarié de trouver Bibi qui l'attendait devant « Chez Auguste », presque invisible dans la brume.

« Donne-moi du fric », dit Bibi et il tendit sa main fraternelle, sa main sacrée : « Magda-Maria a besoin de leçons d'anglais. »

Archilochos s'en étonna.

« Elle a un nouveau Jules, tout ce qu'y a de bien », dit Bibi, « mais il cause que l'anglais ».

Archilochos paya, rose rouge à la boutonnière.

Georgette était agitée, elle aussi. Seul Auguste était, comme à son habitude quand il n'y avait pas de clients, assis en costume cycliste près du poêle, et frottait ses jambes nues.

Madame Bieler rangeait son comptoir. « Je me demande qu'est-ce qui va bien pouvoir venir », dit-elle. « Une bonne grosse probablement. Espérons qu'elle ne sera pas trop vieille, elle ne parle pas de son âge. Mais c'est toujours un sujet délicat.

Archilochos, grelottant, commanda une tasse de lait bouillant.

Tandis qu'il essuyait ses lunettes troublées par la vapeur du lait, Chloé Saloniki entra dans le café.

Archilochos qui était myope ne vit d'abord Chloé que comme une silhouette vague avec un gros point rouge à droite sous l'ovale du visage, — la rose, devina-t-il —, mais le silence qui régnait dans la salle, ce calme magique où l'on n'entendait ni un tintement de verre ni un souffle, le troublait si fort qu'il ne put pas remettre tout de suite ses lunettes. A peine cependant avait-il fini par le faire, qu'il les ôta pour les essuyer de nouveau fébrilement. Ce n'était pas croyable. Un miracle venait de se produire dans ce petit bistrot sous la brume et la pluie. Vers ce célibataire rondouillard, ce timide ami des hommes, habitant d'une mansarde puante, coincé derrière son lait et son eau minérale, vers ce sous-comptable d'un sous-comptable, aux chaussettes éternellement humides et trouées, à la chemise non repassée, aux vêtements trop courts, aux chaussures éculées et aux idées saugrenues, s'avançait un être si enchanteur, une telle féerie de grâce et de beauté, une si authentique petite grande dame que Georgette n'osait plus bouger et qu'Auguste, tout confus, cacha derrière le poêle ses jambes de coureur cycliste.

« Monsieur Archilochos ? » demanda une voix douce et hésitante. Archilochos se leva, sa manche traîna dans sa tasse et du lait coula sur ses lunettes. Il les remit enfin et, immobile, regarda Chloé Saloniki en clignant des yeux entre les traînées de lait.

« Une tasse de lait », commanda-t-il finalement.

« Oh », fit Chloé en riant, « moi aussi ».

Archilochos s'assit sans pouvoir détacher d'elle

son regard, et sans l'inviter à prendre place, bien qu'il en mourût d'envie. Il avait peur, l'invraisemblance de la situation l'écrasait et il n'osait pas penser à son annonce ; il ôta, gêné, la rose de sa boutonnière. Il s'attendait à ce moment qu'elle se détournât, déçue, et partît. Peut-être pensa-t-il aussi qu'il rêvait. Il était livré sans défense à la beauté de cette jeune femme, au miracle de cet instant incompréhensible et dont il n'osait espérer qu'il durât. Il se sentait ridicule, laid ; l'image gigantesque de sa mansarde s'imposa soudain à lui, la misère du quartier qu'il habitait, la monotonie de sa comptabilité ; mais elle s'assit simplement à sa table, en face de lui et le regarda avec de grands yeux noirs.

« Oh », dit-elle avec joie, « je ne t'imaginais pas si gentil. Je suis contente que nous nous soyons retrouvés entre Grecs. Mais approche-toi, tes lunettes sont couvertes de lait. »

Elle les lui ôta du visage et les nettoya avec son foulard, sembla-t-il au myope Archilochos, et en soufflant sur les verres.

« Mademoiselle Saloniki », dit-il enfin d'une voix étranglée et comme s'il prononçait son propre arrêt de mort, « je ne suis peut-être plus tout à fait grec. Ma famille a immigré à l'époque de Charles le Hardi. »

Chloé rit. « Un Grec est toujours grec. »

Puis elle lui remit ses lunettes et Auguste apporta le lait.

« Mademoiselle Saloniki... »

« Appelle-moi Chloé », dit-elle, « et tutoie-moi, puisque nous allons nous marier. Je veux me marier avec toi parce que tu es grec. Je veux te rendre heureux. »

Archilochos rougit. « C'est la première fois, Chloé », dit-il, « que je parle avec une femme, en dehors de Madame Bieler ».

Chloé se tut, parut réfléchir, puis tous deux burent le lait brûlant et fumant.

Quand Chloé et Archilochos eurent quitté le café, Madame Bieler retrouva l'usage de la parole.

« Ce qu'elle est chouette ! » dit-elle. « C'est pas croyable. Et tu as vu ce bracelet, et ce collier ? Des centaines de mille. Qu'est-ce qu'elle a dû turbiner ! Et son manteau, tu as vu ? Ça, c'est de la fourrure ! On peut pas rêver une femme plus sensas. »

« Et toute jeune », s'émerveilla également Auguste.

« Oh, pour ça », répondit Georgette en se remplissant un verre de Campari et d'eau de Seltz, « elle a passé la trentaine. Mais qu'est-ce qu'elle se soigne ! Elle doit se faire masser tous les jours. »

« Moi aussi, je me faisais masser », dit Auguste, « quand j'ai gagné le Tour de Suisse ». Il regarda mélancoliquement ses maigres guiboles. « Et quel parfum ! »

Chloé et Archilochos se trouvèrent dans la rue. Il pleuvait toujours. Le brouillard était toujours là, sombre, et le froid pénétrant.

Il y avait un restaurant sur le quai, face à l'institut mondial de la santé, un restaurant sans alcool et très bon marché, dit-il enfin.

Il gelait dans son costume de communiant râpé et mouillé.

« Donne-moi le bras », lui demanda Chloé.

Le sous-comptable était gêné. Il ne savait pas bien comment s'y prendre. Il osait à peine regarder l'être qui trottinait à son côté dans la brume, une écharpe d'un bleu argenté sur ses cheveux noirs. C'était la première fois qu'il marchait dans la ville avec une femme et il se réjouit qu'il y eût du brouillard. L'horloge d'une église sonna dix heures et demie. Ils passèrent par des rues de faubourgs désertes qui se miraient dans l'asphalte mouillé. Les murs des maisons leur renvoyaient l'écho de leurs pas. On eût dit qu'ils marchaient dans des caves voûtées. L'on ne voyait pas une âme. Un chien affamé émergea de l'ombre à leur rencontre, un épagneul noir et blanc tout crotté, tout trempé, les oreilles et la langue pendantes. Les feux rouges étaient à peine visibles. Un autobus passa, klaxonnant violemment, en direction de la gare du nord. Archilochos se serrait contre le doux pelage du manteau de Chloé, cherchant un refuge sous son petit parapluie rouge contre la rue vide, le dimanche, le mauvais temps. Ils marchaient du même pas, presque comme un vrai couple d'amoureux. Quelque part, dans la brume, l'Armée du Salut chantait d'une voix blanche, et l'on entendait parfois, venant d'une maison, le concert télévisé du dimanche matin : quelque symphonie de Beethoven ou de Schubert où se mêlaient les coups de trompe des autos perdues dans le brouillard. Ils arrivèrent au fleuve un peu à l'aveuglette à travers des rues toutes semblables, aperçues par accrocs dans la brume qui s'éclaircissait un peu. Puis ce fut un interminable boulevard aux ennuyeuses façades uniformes déjà presque visibles, hôtels particuliers de banquiers depuis longtemps en faillite et de cocottes fanées, avec des colonnes doriques ou corinthiennes devant les portes, des balcons rigides et de hautes fenêtres parfois éclairées, la plupart décrépits, fantomatiques, dégoulinants.

Chloé commença son récit, l'histoire de sa jeunesse, surprenante comme elle. Elle parlait d'un air hésitant, parfois gêné. Mais toutes ces choses incroyables semblaient naturelles au sous-comptable. Ne vivait-il pas un conte de fées ?

Elle était orpheline (à ce qu'elle disait), une enfant grecque, fille de gens venus de Crète et morts de froid par un vilain hiver. Dans un baraquement. Après cela, ç'avait été la solitude totale. Elle avait grandi dans des quartiers misérables, pareille au chien noir et blanc qu'ils venaient de croiser. Elle volait des fruits et pillait le tronc des églises ; traquée par la police, harcelée par les souteneurs. Elle couchait sous les ponts au milieu des clochards, ou dans des tonneaux vides, craintive et méfiante comme un animal. Et puis elle avait été littéralement découverte par un couple d'archéologues, un soir, au cours d'une promenade ; ils l'avaient mise en pension chez les bonnes sœurs et elle était maintenant femme de chambre chez ses bienfaiteurs, convenablement vêtue, convenablement nourrie. Histoire très touchante en somme.

« Un couple d'archéologues ? » s'étonna Arnolphe. Il était stupéfait.

Des gens qui étudiaient l'archéologie, expliqua Chloé Saloniki, et qui avaient fait des fouilles en Grèce.

« Ils ont découvert un temple là-bas avec de magnifiques statues enfouies dans la mousse, et des colonnes d'or », dit-elle.

Comment s'appelait ce couple ?

Chloé hésita. Elle parut chercher un nom.

« Gilbert et Elizabeth Weeman. »

« Les fameux Weeman ? »

(Un article sur eux venait de paraître dans *Match* avec des photos en couleurs.)

« Oui. »

Il les introduirait dans son ordre moral universel, dit Arnolphe. Aux numéros neuf et dix, et même peut-être aux numéros six et sept tandis que maître Dutour et le rector magnificus prendraient les numéros neuf et dix qui étaient encore très honorables.

« Tu as un ordre moral universel ? » demanda Chloé étonnée. « Qu'est-ce que c'est ? »

Il fallait avoir une base stable dans la vie, des modèles moraux, dit Archilochos. Son existence à lui non plus n'était pas facile, bien qu'il n'eût pas grandi comme elle entre des assassins et des vagabonds mais dans un orphelinat avec son frère Bibi. Et il lui exposa sa structure du monde.

Le temps avait changé sans qu'ils s'en fussent tout de suite aperçus. La pluie avait cessé, la brume se déchirait en formes spectrales, dragons étirés, ours massifs, géants, qui se précipitaient au-dessus des banques, des ministères et des palais, se confondaient, s'élevaient et se dissipaient. Le ciel bleu brillait entre les nuées, d'abord presque insaisissable, et tendre comme le pressentiment d'un printemps encore lointain, exquisement pénétré de soleil, puis plus clair, puissant, resplendissant. On distinguait tout à coup sur l'asphalte les ombres des bâtiments, des réverbères, des monuments, des gens et, soudain, tous les objets se détachèrent avec une extraordinaire netteté, éclatants dans des flots de lumière.

Ils se trouvaient sur le quai devant le palais du chef de l'état. Le fleuve était brunâtre et enflé. Des ponts aux parapets de fer rouillé l'enjambaient, des péniches vides où séchaient des couches passaient avec leurs capitaines frileux qui marchaient de long en large en fumant la pipe. Le quai fourmillait de promeneurs dominicaux, de grands-pères en fête avec des petits-enfants bien astiqués, de familles rangées sur les trottoirs. Il y avait des policiers, des photographes, des journalistes attendant sans doute le chef de l'état ; en effet, son carrosse historique sortait du palais présidentiel tiré par six chevaux blancs, escorté par sa garde du corps à cheval casquée d'or et empanachée de plumes blanches, pour le conduire vers l'accomplissement de quelque fonction publique, inauguration d'un monument, remise d'une décoration, ouverture d'un orphelinat. Le bruit de la cavalcade, la fanfare des trompettes, les vivats, les chapeaux levés remplirent l'air libéré de la brume et de la pluie.

Une chose inconcevable se produisit alors.

Au moment où le carrosse passait devant Chloé et Archilochos et où Arnolphe, tout réjoui de cette rencontre inespérée avec le numéro un de son ordre du monde (qu'il était justement en train d'exposer), se tournait vers le grand personnage barbichu et grisonnant qui, galonné d'or dans l'encadrement de la fenêtre de son carrosse, ressemblait exactement au portrait suspendu au-dessus des bouteilles de Pernod et de Campari de Madame Bieler, le président salua le sous-comptable d'un geste de sa main droite comme une vieille connaissance. Et le volètement de cette main gantée de blanc était si visible que deux policiers aux moustaches imposantes se mirent au garde-à-vous.

« Le président m'a salué », bégaya Archilochos interdit.

« Et pourquoi ne t'aurait-il pas salué ? » demanda Chloé Saloniki.

« Mais je ne suis qu'un citoyen insignifiant ! »

« Le président est notre père à tous », dit Chloé expliquant ainsi le singulier événement.

Un autre suivit qu'Archilochos ne comprit pas davantage mais qui l'emplit d'une nouvelle fierté.

Il se préparait à aborder le numéro deux de son ordre du monde, l'évêque Moser, et à parler de la très importante différence qui séparait les anciens nouveaux et les anciens presbytériens des avant-derniers chrétiens en faisant rapidement justice des nouveaux presbytériens (ce scandale au sein de l'église presbytérienne), quand ils aperçurent Petit-Paysan (numéro trois de la hiérarchie ; il n'avait pas encore eu le temps de le mentionner) qui sortait soit de la banque mondiale à cinq cents mètres du palais présidentiel, soit de la cathédrale Saint-Luc, voisine de la banque. Il reluisait d'élégance, en pardessus impeccable, chapeau haut de forme et foulard blanc. Son chauffeur avait déjà ouvert la portière de la Rolls quand le regard de Petit-Paysan rencontra celui d'Arnolphe. Ce dernier demeura coi. La rencontre était inattendue et, considérant l'exposé de son ordre universel qu'il était en train de faire à Chloé, instructive. Le grand industriel ne connaissait pas Archilochos. Comment l'eût-il connu ? Arnolphe n'était que sous-comptable dans la section des forceps, cela l'encouragea néanmoins à désigner le magnat à sa compagne mais non à le saluer. Ainsi allait-il, ému mais sans danger, croiser ce puissant personnage, comme, un instant auparavant, le chef de l'état, quand l'inconcevable eut lieu pour la seconde fois : Petit-Paysan sourit, leva son chapeau haut de forme, l'agita, s'inclina aimablement vers Archilochos blêmissant, puis il se laissa tomber dans les coussins de sa voiture, fit encore un signe de la main et disparut.

« Mais c'était Petit-Paysan », balbutia Archilochos.

« Eh bien ? »

« Le numéro trois de mon ordre mondial ! »

« Et alors ? »

« Il m'a salué ! »

« Il n'aurait manqué que ça ! »

« Mais je ne suis que sous-comptable et je travaille avec cinquante autres sous-comptables dans la subdivision la moins importante de la section des forceps », s'écria Archilochos.

« C'est donc un patron social, digne d'occuper la place que tu lui as donnée dans ta structure morale universelle », déclara Chloé qui ne semblait pas se rendre compte de ce que cette rencontre avait de stupéfiant.

Mais ce n'était pas la fin des miracles de ce dimanche qui devenait en plein hiver de plus en plus rayonnant et de plus en plus chaud avec un ciel toujours plus bleu, plus irréel : toute cette gigantesque ville semblait soudain saluer Archilochos qui franchissait avec sa Grecque les ponts aux parapets de fer forgé et longeait d'anciens jardins devant des petits châteaux à moitié en ruine. Arnolphe devenait plus fier, plus conscient, sa démarche était plus libre, sa mine plus radieuse. Il était plus qu'un sous-comptable. Il était un homme heureux. D'élégants jeunes gens le saluaient, lui faisaient signe à la terrasse des cafés, à la vitre des autobus, en passant à Vespa ; des messieurs soignés aux tempes grises le saluaient aussi et même un général belge très décoré qui devait appartenir à l'état-major de l'OTAN et descendait d'une jeep. Devant l'ambassade des Etats-Unis, l'ambassadeur Bob Forster-Monroe qui promenait deux chiens de berger écossais lui cria distinctement : « Hello ! » tandis que le numéro deux (l'évêque Moser encore plus replet que sur son portrait chez madame Bieler) venait à leur rencontre entre le musée national et le columbarium du cimetière, alors qu'ils se dirigeaient vers le restaurant sans alcool en face l'institut mondial de la santé. L'évêque Moser lui aussi salua — c'était devenu en quelque sorte presque normal — Archilochos qui n'avait vu qu'une fois le prélat lors d'un sermon pascal prononcé par celui-ci et auquel il assistait en simple auditeur au milieu d'un chœur de vieilles femmes chantant des psaumes, mais dont il avait lu cent fois la vie dans les brochures qui répandaient parmi les fidèles cette biographie exemplaire. L'évêque parut d'ailleurs encore plus confus que l'humble fidèle de l'ancienne nouvelle église presbytérienne qu'il venait de saluer, car il disparut soudain d'un pas pressé dans une rue adjacente qui ne menait nulle part.

Ils déjeunèrent au restaurant sans alcool. Ils étaient assis près d'une fenêtre qui donnait sur le fleuve, l'institut mondial de la santé et la statue d'un célèbre dignitaire de la santé mondiale sur laquelle atterrissaient les mouettes, d'où elles décollaient, qu'elles encerclaient de leur vol et où elles revenaient se poser. Tous deux étaient fatigués par leur longue promenade et ils continuèrent à se tenir par la main alors que le potage était déjà devant eux. Le restaurant était surtout fréquenté par des anciens nouveaux presbytériens (avec quelques anciens presbytériens), des vieilles filles et des excentriques qui y déjeunaient le dimanche par antialcoolisme, bien que le patron, catholique et têtu, refusât catégoriquement de mettre le portrait de l'évêque Moser sur son mur ; au contraire, à côté du chef de l'état, trônait celui de l'archevêque.

Ils étaient assis un peu plus tard, entre Grecs, de plus en plus étroitement serrés l'un contre l'autre, au pied d'une sculpture démodée du vieux jardin public, laquelle, si l'on en croit les guides de voyage et le plan de la ville, devait représenter Daphnis et Chloé. Ils regardèrent le soleil descendre derrière les arbres comme un ballon rouge. Ici aussi l'on saluait Archilochos. Cet homme à l'aspect insignifiant (pâle, portant lunettes, un peu gros) qui n'était connu jusqu'alors que par des amateurs de cyclisme et des sous-comptables, semblait soudain intéresser toute la ville et être devenu le centre de la société. Le conte de fées continuait. Le numéro quatre (Passap) vint à passer, environné d'un essaim de critiques d'art déconcertés ou enthousiastes, car le grand peintre venait de mettre fin à son époque d'angles droits avec cercles et hyperboles et ne peignait plus désormais que des angles de soixante degrés avec ellipses et paraboles, abandonnant en outre le rouge et le vert pour le bleu de cobalt et l'ocre. Le maître de la peinture moderne s'arrêta stupéfait, grommela, considéra Archilochos de la tête aux pieds, lui fit un signe de tête et s'éloigna en reprenant sa conférence. En revanche, les ci-devant numéros six et sept (à présent neuf et dix), maître Dutour et le rector magnificus orné d'un pince-nez, saluèrent Arnolphe mais subrepticement car ils étaient flanqués chacun d'une imposante épouse.

Archilochos parlait de sa vie. « Je ne gagne pas beaucoup », dit-il, « le travail est monotone, je fais des rapports sur la vente des forceps, c'est très minutieux. Mon chef, le vice-comptable, est sévère, et puis j'ai Bibi et ses enfants à nourrir, de bien braves gens, un peu primitifs et naturels peut-être mais très estimables. Nous ferons des économies et dans vingt ans nous visiterons ensemble la Grèce. Le Péloponèse, les îles. Il y a longtemps que j'en rêve et maintenant que je sais que je ferai ce voyage avec toi, le rêve est encore plus beau. »

Elle était toute joyeuse. « Ça sera un beau voyage », dit-elle.

« Sur un bateau à vapeur. »

« Sur le *Julia.* »

Il la regarda interrogativement.

« C'est un paquebot de luxe. Celui que prennent Missis et Mister Weeman. »

« En effet », se rappela-t-il, « je l'ai lu dans *Match*. Mais le *Julia* sera trop cher pour nous et, dans vingt ans, il ne naviguera plus. Nous ferons la traversée dans un charbonnier, ça revient meilleur marché. »

Il pensait souvent à la Grèce, reprit-il en regardant les nuées qui se disposaient à revenir et s'étendaient comme une légère fumée blanche au-dessus du sol. Il imaginait les antiques temples à demi recouverts de broussailles et les rochers rougeâtres luisant à travers l'oliveraie. Il avait souvent l'impression d'être en exil dans la ville comme les Juifs à Babylone, et que sa vie ne s'accomplirait que s'il retournait un jour dans l'ancienne patrie abandonnée depuis tant de générations.

La brume planait à présent comme d'énormes tampons d'ouate blanche derrière les arbres des berges, enveloppait lentement les péniches dont les sirènes hurlaient de façon déchirante, puis elle s'éleva en flammes violettes et, dès que le soleil rouge fut couché, elle acheva de se déployer. Archilochos accompagna Chloé sur le boulevard où habitaient les Weeman ; un quartier riche et distingué, remarqua-t-il. Ils longeaient des grilles, de grands jardins plantés de vieux arbres derrière lesquels on devinait à peine les villas. Ormes, peupliers, hêtres, sombres sapins frémissaient dans le soir argenté, disparaissaient dans un brouillard de plus en plus dense. Chloé s'arrêta devant une haute grille de fer ornée d'amours et de dauphins, de feuillages bizarres et de spirales, entre deux grands piliers de pierre, sous une lampe rouge éclairant le portail.

« A demain soir ? »

« Chloé ! »

« Tu sonneras », fit-elle en indiquant une clochette ancienne. « A huit heures. »

Puis elle embrassa le sous-comptable, lui mit les deux bras autour du cou, l'embrassa une deuxième fois, une troisième.

« Nous irons en Grèce », chuchota-t-elle, « dans notre ancien pays. Bientôt. Et sur le *Julia.* »

Elle ouvrit la porte de la grille et disparut sous les arbres et dans la brume, revint lui faire un signe, lui lancer un mot, tendrement, comme un mystérieux oiseau, et se dirigea vers la demeure invisible qui devait être enfouie dans ce parc.

Archilochos, lui, retourna dans son quartier pauvre. C'était loin ; il refit tout le chemin qu'il avait parcouru avec Chloé. Il revécut les phases de ce dimanche miraculeux, s'arrêta devant le restaurant sans alcool d'où sortaient à ce moment les derniers célibataires anciens nouveaux presbytériens ; l'un d'eux le salua et parut l'attendre un instant au coin de rue suivant. Puis Arnolphe passa devant le columbarium du cimetière, le musée national, longea le quai. La brume était épaisse, mais non plus sale comme les jours précédents, tendre et laiteuse au contraire, et l'on eût dit des nuées de rêve percées de longs rayons d'or et d'étoiles fines comme des épingles. Il arriva près du « Ritz » et comme il passait devant la somptueuse entrée flanquée d'un portier de deux mètres de haut en tunique verte et pantalon rouge portant une grande canne d'argent, Gilbert et Elizabeth Weeman, le célèbre couple d'archéologues dont il avait vu les photos dans les journaux, sortaient de l'hôtel. Ils étaient tous deux anglais, elle plus homme que femme avec la même coupe de cheveux que lui, tous deux portant pince-nez d'or ; Gilbert arborait en outre une moustache rousse et une courte pipe — seuls signes qui le distinguassent de sa femme.

Archilochos rassembla tout son courage.

« Madame, Monsieur », dit-il, « mes respects ».

« Well », dit le savant en regardant le sous-comptable debout devant lui dans son costume de premier communiant et ses souliers éculés, tandis que Mrs Elizabeth le considérait avec étonnement à travers son pince-nez : « well », puis il dit encore « yes ».

« Je vous ai nommés numéros six et sept de mon ordre moral universel. »

« Yes. »

« Vous avez recueilli une Grecque », poursuivit Archilochos.

« Well », dit Mr Weeman.

« Moi aussi, je suis grec. »

« Oh », dit Mr Weeman et il sortit son porte-monnaie.

Archilochos l'arrêta. « Non, Monsieur, non, Madame », dit-il, « je sais que je n'ai pas l'air très reluisant ni peut-être très grec, mais mon salaire dans la fabrique de machines Petit-Paysan me suffira pour fonder avec elle un foyer modeste. Oui, nous pourrons même penser à avoir des enfants, peut-être seulement trois ou quatre, la fabrique de machines Petit-Paysan possède une maison de repos très moderne et sociale pour les épouses et futures mères de leurs ouvriers et employés. »

« Well », dit Mr Weeman et il remit son porte-monnaie dans sa poche.

« Au revoir », dit Archilochos, « Dieu vous bénisse et moi je prierai pour vous à l'ancienne nouvelle église presbytérienne ».

Mais devant la porte de sa maison, il trouva Bibi qui lui tendit une main fraternelle et sainte. « Théophile a été chaparder à la banque nationale », dit-il dans son argot. « Les flics sont après lui. »

« Et alors ? »

« Il faut qu'il aille dans le Midi, en attendant que ça se tasse. J'ai besoin de dix sacs. Je te le rendrai à Noël. » Archilochos lui donna de l'argent.

« Comment, frère », protesta Bibi déçu. « C'est tout ça ? »

« Je ne peux pas plus, Bibi », fit Archilochos gêné et surpris lui-même de se sentir aussi peu irrité. « Vraiment pas. J'ai déjeuné avec une jeune fille au restaurant sans alcool en face l'institut mondial de la santé. Le menu à prix fixe et une bouteille de jus de raisin. Je veux fonder une famille. » Le frère Bibi prit peur.

« Qu'est-ce que t'as besoin d'une famille ? », s'écria-t-il indigné. « T'as la mienne ! Dis donc, elle a de l'argent au moins ? »

« Non. »

« Profession ? »

« Femme de chambre. »

« Où ça ? »

« Boulevard Saint-Père, numéro 12. »

Bibi sifflota entre ses dents.

« Va te pieuter, Arnolphe, mais file-moi encore un peu de pèze. »

Arrivé dans sa mansarde au cinquième étage, il se déshabilla. Il se mit au lit. Il avait d'abord voulu ouvrir la fenêtre. Cela sentait le moisi. Mais les cabinets semblaient plus proches que d'habitude. Il était couché dans la demi-obscurité. Sur la façade qui lui faisait vis-à-vis les étroites lucarnes s'éclairaient, parfois l'une parfois l'autre. La chasse d'eau ne cessait pas. Aux murs de la mansarde, les images de son ordre moral surgissaient tour à tour de l'ombre : l'évêque, puis le chef de l'état, Bibi et ses enfants, les carrés triangulaires du tableau de Passap...

« Demain, il faudra que je me procure une photo des Weeman et que je la fasse encadrer », se dit-il.

L'air était si confiné, si poisseux qu'il avait peine à respirer. De dormir, pas question. Il s'était couché heureux ; à présent, les soucis affluaient.

Il ne pourrait pas habiter cette mansarde avec Chloé, y fonder un foyer, élever les trois ou quatre enfants auxquels il avait pensé en rentrant. Il fallait trouver un autre logement. Mais il n'avait pas d'argent pour cela. Il avait tout donné au frère Bibi. Il ne possédait rien. Pas même ce misérable lit, cette pitoyable table, cette chaise branlante. Il logeait en garni. Seuls lui appartenaient les divers tableaux de sa structure morale mondiale. Sa pauvreté l'accabla. Il sentait que la délicatesse, la beauté de Chloé avaient besoin de délicatesse et de beauté. Elle ne devait pas retourner sous les ponts et dans les tonneaux vides des champs d'épandage. Le fracas des chasses d'eau l'irritait, le rebutait de plus en plus. Il jura de quitter cette mansarde, résolut de chercher un autre logis dès le lendemain. Mais quand il réfléchit à la façon de réaliser son projet, il se mit à désespérer. Il ne voyait aucune issue. Il se savait emprisonné dans une mécanique impitoyable, sans aucune possibilité de saisir le miracle qui s'était offert à lui ce dimanche. Découragé, désespéré, il attendit le matin qui s'annonça par une recrudescence du bruit des chasses d'eau.

Donc, vers huit heures, encore dans les ténèbres en cette saison, Archilochos recommença à trottiner comme chaque lundi au milieu de l'armée de secrétaires, de comptables et sous-comptables, à travers le bâtiment administratif de la fabrique de machines Petit-Paysan, imperceptible particule dans le fleuve de terne humanité déversé par le métro, les autobus, les tramways et les trains de banlieue et s'écoulant tristement sous la lumière des réverbères vers le gigantesque cube de verre et d'acier qui l'engloutissait, le partageait, le triait au long des couloirs, entre les ascenseurs et les escalateurs montant et descendant. Premier étage : section des tanks ; deuxième étage : canons atomiques ; troisième étage : section des mitraillettes, et ainsi de suite. Archilochos, fondu dans la masse, tiré, pressé, travaillait au septième étage, section des forceps, bureau 122 Fcp, dans une des innombrables salles à cloisons de verre, sobres et nues ; mais il devait d'abord passer par la salle d'hygiène pour se gargariser et avaler un comprimé contre la grippe intestinale, mesures ordonnées par le service social. Puis il endossa sa blouse de travail grise ; il grelottait encore car, pour la première fois de l'hiver, un grand froid coupant s'était abattu pendant la nuit sur la ville, polissant tout. Il devait se dépêcher, il était déjà huit heures moins une et l'on ne tolérait aucun retard (le temps est de l'argent). Il s'assit à une table, en verre et acier elle aussi, qu'il partageait avec trois sous-comptables, les numéros So C 122 Fcp 28, So C 122 Fcp 29, So C 122 Fcp 30, et ôta la housse de la machine à écrire. Le numéro imprimé sur sa blouse était So C 122 Fcp 31. Il commença à taper, les doigts encore gourds de froid ; l'aiguille de la grande horloge marquait huit heures et il devait terminer ce matin-là un rapport sur l'expansion des forceps dans le canton d'Appenzell Innerhoden. Les trois sous-comptables qui partageaient sa table tapaient comme lui à la machine, de même que les quarante-six autres de cette salle, les centaines, les milliers de cet immeuble ; ils tapaient de huit heures à midi et de deux à cinq avec, dans l'intervalle, le déjeuner à la cantine de l'établissement, au sein de l'organisation modèle de la firme Petit-Paysan, but de visite officielle pour ministres, délégations étrangères, Chinois à lunettes, et Indiens sensuels intéressés par les créations sociales qui glissaient à travers les salles avec leurs femmes vêtues de soie.

Cependant, les miracles du dimanche continuent parfois (très rarement) le lundi.

Archilochos devait se rendre auprès du chef de bureau, le comptable C 121 Fcp, annonça le haut-parleur. Un silence de mort régna un instant dans la salle 122 Fcp. Pas un souffle. Pas le moindre bruit de machine à écrire. Le Grec se leva. Pâle, chancelant. Il n'attendait rien de bon. L'on débauchait. Mais le comptable C 121 Fcp l'accueillit des plus cordialement dans son bureau contigu à la salle 122 Fcp, et Archilochos, hésitant sur le seuil, eut peine à en croire ses yeux, car l'on parlait beaucoup des terrifiantes colères de C 121 Fcp.

« Monsieur Archilochos », s'écria C 121 Fcp en s'avançant à la rencontre du sous-comptable et en lui serrant la main, « votre remarquable talent m'est, je dois le dire connu depuis longtemps déjà ».

« Non, vraiment... », fit Archilochos stupéfait de cette louange mais point rassuré pour autant.

« Votre exposé », reprit C 121 Fcp souriant et

se frottant les mains (c'était un quinquagénaire petit et vif, myope, en blouse de travail blanche et protège-manches grises), « votre exposé de la situation et du développement des forceps dans le canton d'Appenzell Innerhoden est un modèle ».

« Vous m'en voyez bien aise », dit Archilochos toujours persuadé d'être la victime de l'humour cruel du comptable et considérant son amabilité comme une attrape. Le comptable offrit une chaise au sous-comptable inquiet et se mit à marcher de long en large dans son bureau. « Considérant votre excellent travail, j'ai l'intention, cher monsieur Archilochos, de prendre certaines mesures. »

« C'est un grand honneur pour moi », balbutia Archilochos.

Il s'agissait d'un poste de vice-comptable, susurra C 121 Fcp. « Je viens de présenter cette proposition au chef du personnel dont dépend notre bureau. »

Archilochos se leva plein de gratitude, mais le comptable avait encore quelque chose à lui annoncer. Il le fit d'un air craintif et malheureux comme si c'était lui qui était sous-comptable.

« J'allais oublier », dit lentement C 121 Fcp en s'efforçant de faire bonne contenance, « le sur-comptable Su C 9 Fcp désire parler à monsieur Archilochos. Ce matin même. »

Le comptable essuya la sueur de son front avec un mouchoir rouge à carreaux.

« Le sur-comptable désire vous parler tout de suite », reprit-il. Asseyez-vous, cher ami, nous avons encore une minute. Surtout, dominez-vous, ne vous énervez pas, restez calme, soyez à la hauteur des circonstances. »

« Certes », dit Archilochos, « j'essaye ».

« Mon Dieu », dit le comptable en s'asseyant derrière son bureau, « mon Dieu, Monsieur Archilochos, mais je peux vous appeler mon ami, en toute confiance et entre nous — mon nom est Rummel, Emile Rummel — je n'ai jamais vu une chose pareille et voilà pourtant trente-trois ans que je travaille dans la fabrique de machines Petit-Paysan. Qu'un sur-comptable désire parler à un sous-comptable tout d'un coup, comme ça, moi, je n'avais encore jamais vu un tel manquement à la hiérarchie de nos services. J'ai cru m'évanouir, mon cher ami, certes, j'ai toujours cru à vos qualités exceptionnelles, mais tout de même ! Je ne me suis, de ma vie, jamais trouvé devant un sur-comptable, je tremblerais comme une feuille si cela m'arrivait, un sur-comptable reçoit uniquement des vice-comptables. Et voilà que vous... ! Convoqué directement par un sur-comptable ! Il doit avoir ses raisons, ses intentions secrètes, je prévois un avancement, vous allez avoir ma place, c'est sûrement cela (ici C 121 Fcp s'essuya les yeux), peut-être allez-vous même être nommé vice-sur-comptable comme c'est arrivé récemment à un comptable de la section des canons atomiques qui avait l'honneur de connaître intimement la femme d'un sur-chef du personnel... Ce n'est pas votre cas, mon ami ; vous ne devez rien qu'à votre mérite, à votre excellent rapport sur le canton d'Appenzell Innerhoden, je le sais bien. Cependant, cher ami, laissez-moi vous assurer entre quatre-z-yeux que c'est une pure coïncidence si ma proposition de vous nommer vice-comptable est tombée au même moment que la convocation du sur-comptable, parole d'honneur ! Ma demande d'avancement pour vous était déjà rédigée quand, comme l'éclair dans un ciel serein, l'appel de la secrétaire de notre honoré sur-comptable m'est parvenu... Mais il est grand temps, cher ami... D'autre part, ma femme serait ravie de vous avoir à déjeuner... et ma fille aussi... elle est absolument charmante, très jolie, elle prend des leçons de chant... Si vous vouliez bien... si vous vouliez nous faire l'honneur... Cinquième corridor sud-ouest, sixième bureau... Mon Dieu, et moi qui ai une maladie de cœur ! Et je souffre des reins, en plus... »

Su C 9 Fcp (cinquième corridor sud-ouest, sixième bureau), homme imposant à la barbe noire en collier, aux dents d'or étincelantes, parfumé et bedonnant, derrière une grande table où trônait la photo d'une danseuse à demi nue dans un cadre de platine, reçut dignement le sous-comptable, il chassa de son bureau un essaim de secrétaires et lui désigna d'un large geste de sa main un siège confortable.

« Mon cher monsieur Archilochos », commença-t-il, « voici déjà fort longtemps que nous autres sur-comptables avons remarqué vos excellents travaux. Votre rapport sur l'introduction des forceps dans le Grand Nord et, notamment l'Alaska, a particulièrement attiré notre attention et je peux même dire notre sincère admiration. L'on en parle dans nos milieux, et il paraît que le rapport en question a été fort apprécié par la direction. »

« Il doit y avoir erreur, monsieur le sur-comptable », observa Arnolphe, « je ne travaille que sur le canton d'Appenzel Innerhoden et le Tyrol ».

« Appelez-moi donc tout simplement Petit-Pierre », dit Su C 9 Fcp, « nous sommes entre nous, sans façon. Que le rapport sur l'Alaska soit de vous ou non, c'est vous qui l'avez inspiré, on y retrouve votre esprit, l'incomparable style de vos exposés désormais classiques sur le canton d'Appenzel Innerhoden, et sur le Tyrol. Une preuve de plus que vos travaux ont fait école. Ce dont on ne peut que se réjouir. J'ai toujours dit à mon collègue sur-comptable Schranzle : Archilochos est un écrivain, un grand prosateur. A propos, Schranzle vous envoie ses amitiés. Et le sur-comptable Haberlin également. J'ai toujours déploré le rang subalterne que vous occupez dans notre chère maison, il ne correspond absolument pas aux capacités exceptionnelles dont vous faites preuve. Puis-je vous offrir un petit verre de vermouth ? »

« Je vous remercie, Monsieur Petit-Pierre », dit Archilochos. « Je ne bois jamais d'alcool. »

« Ce que je trouve le plus scandaleux c'est de

vous voir travailler sous les ordres du comptable C 121 Fcp, ce médiocre gratte-papier qui s'appelle, je crois, M. Rummel. »

« Il vient de me proposer pour le poste de vice-comptable. »

« Ça, c'est bien lui », dit Su C 9 Fcp irrité, « vice-comptable ! Vous, un homme d'une pareille valeur ! Quand on pense que c'est uniquement à vous que la fabrique de machines Petit-Paysan doit la saisissante augmentation de la production des forceps au cours du dernier trimestre. »

« Mais, monsieur Petit-Pierre... »

« Ne soyez pas si modeste, mon cher, ne soyez pas si modeste. Il y a une limite à tout. J'ai attendu patiemment, j'ai espéré depuis des années, que vous vous confieriez à moi, votre plus fidèle ami, votre admirateur, mais vous sembliez préférer travailler sous les ordres de ce type insupportable, cet imbécile de comptable, comme sous-comptable parmi des sous-comptables, dans un milieu qui n'est vraiment pas digne de vous. Au lieu de donner un bon coup de poing sur la table ! Ce crétin doit pourtant vous porter terriblement sur les nerfs. Il a bien fallu que je me décide à intervenir personnellement. Je ne suis, il est vrai, qu'un modeste sur-comptable dans le labyrinthe de notre administration, un zéro, un rien. Mais j'ai tout de même fini par prendre mon courage à deux mains. Il fallait bien que quelqu'un prenne l'initiative de faire rendre justice à vos talents, dût le monde s'abattre sur sa tête. Le courage civil, mon cher ! Si nous le perdons, ce sera la fin de la fabrique de machines Petit-Paysan, et nous aurons une pure dictature bureaucratique, je me tue à le répéter. J'ai donc téléphoné au sur-chef du personnel de notre section, à propos, il vous envoie ses amitiés lui aussi ; je voulais vous proposer pour le poste de vice-directeur ; je n'imaginais véritablement rien de plus désirable, cher et éminent monsieur Archilochos, que de travailler sous vos ordres, à notre entreprise, à la constante amélioration du développement des forceps, mais Petit-Paysan lui-même, le Bon Dieu en personne pour ainsi dire ou le destin si vous préférez, m'a, hélas, hélas, devancé ; c'est là une petite malchance pour moi mais, en ce qui vous concerne évidemment, un grand bonheur d'ailleurs amplement mérité. »

« Petit-Paysan ? »

Archilochos croyait rêver.

« Mais ce n'est pas possible ! »

« Il désire vous voir aujourd'hui même, ce matin, sur l'heure, Monsieur Archilochos », dit Su C 9 Fcp.

« Mais... »

« Point de mais... »

« Je veux dire... »

« Monsieur Archilochos », déclara gravement le sur-comptable en caressant sa barbe soignée, « parlons franchement. D'homme à homme, entre amis. La main sur le cœur. Aujourd'hui est une journée historique, un jour de vérité. C'est mon devoir sacré de vous donner ma parole d'honneur que la proposition que j'ai faite de vous nommer vice-directeur n'a rien à voir avec le fait que notre éminent Petit-Paysan, chapeau, désire vous parler. Au contraire. Je venais précisément de dicter une demande officielle de promotion en votre faveur quand le directeur Zeus m'a convoqué. »

« Le directeur Zeus ? »

« Celui qui dirige la section des forceps. »

Archilochos s'excusa de son ignorance. Il n'avait encore jamais entendu ce nom.

« Je sais », répondit le sur-comptable, « on ne prononce jamais le nom des directeurs en exercice au niveau des sous-comptables. A quoi bon ? Ces coolies sont là pour écrire, pour noircir des chiffons de papier concernant le canton d'Appenzell Innerhoden ou Dieu sait quel patelin, qui, soit dit entre nous, cher monsieur Archilochos, n'intéressent absolument personne, exception faite naturellement de vos rapports, nous nous en nourrissons, on se les arrache entre sur-comptables. Certes, vos études sur la région de Bâle par exemple ou Costa Rica sont magistrales, des classiques comme je vous l'ai dit, mais le fatras que produisent les autres... tous ces crétins inutiles, superfétatoires, ces comptables et sous-comptables, autant de salaires jetés par les fenêtres, je ne cesse de le prêcher, de le seriner à ces messieurs de l'administration. Je vous ferais marcher toute la section à moi tout seul avec mes secrétaires. La fabrique de machines Petit-Paysan n'est tout de même pas une œuvre philanthropique pour débiles mentaux. A propos, le directeur Zeus vous envoie toutes ses amitiés. »

« Merci beaucoup. »

« Malheureusement, il est en ce moment à l'hôpital. »

« Oh ! »

« Dépression nerveuse. »

« J'en suis désolé. »

« Voyez-vous, cher ami, vous avez déclenché une catastrophe à la direction des forceps. Sodome et Gomorrhe ne sont qu'un petit feu de cheminée à côté. Petit-Paysan veut vous parler ! Bon, c'est son droit, le Bon Dieu peut aussi faire des trous dans la lune si ça lui plaît, mais ça nous étonnerait tout de même. Petit-Paysan parlant à un sous-comptable, c'est à peu près aussi incroyable. Il est normal que cette nouvelle ait retenti comme un glas aux oreilles d'un malheureux directeur. Et le vice-directeur ? Il est également tombé en syncope. »

« Pourquoi ça ? »

« Mais, cher grand homme, parce que vous allez sûrement être nommé directeur des forceps, ça crève les yeux, un enfant à la mamelle le comprendrait. Quiconque est convoqué par Petit-Paysan devient directeur, nous avons l'expérience. Pour les congédiements, c'est le sur-chef du personnel qui s'en charge. »

« Directeur ? Moi ? »

« Assurément. La nomination a déjà été signifiée au sur-chef du personnel Fenz ; lui aussi, à propos, vous envoie ses amitiés. »

« La section des forceps ? »

« Et peut-être même aussi celle des canons atomiques, qui sait ? Le sur-chef du personnel Fenz estime que tout est possible. »

« Mais pourquoi ça ? » s'écria Archilochos qui n'y comprenait rien.

« Mon cher, mon très cher ! Vous oubliez votre remarquable rapport sur l'Italie du nord... »

Le sous-comptable s'obstina à rappeler qu'il travaillait sur la Suisse occidentale et sur le Tyrol.

« La Suisse occidentale et le Tyrol, je confonds un peu, je ne suis pas géographe. »

« Ce n'est tout de même pas une raison pour me nommer directeur des forceps. »

« Hé, hé. »

« Je ne possède pas les compétences requises », protesta Archilochos.

Su C 9 Fcp hocha la tête, considéra Archilochos d'un air énigmatique, sourit en découvrant ses dents d'or et croisa les mains sur son ventre. « Cher et éminent ami », dit-il, « la raison pour laquelle vous êtes nommé directeur, c'est vous qui devez la connaître, pas moi, et si vous ne la connaissez pas ne cherchez pas à savoir. Ça vaut mieux. Suivez mon conseil. C'est sans doute la dernière fois que nous nous rencontrons. Directeurs et sur-comptables n'ont pas coutume de frayer ensemble, ce serait tout à fait contre les règles tacites de notre excellent établissement. J'ai rencontré aujourd'hui le directeur Zeus pour la première fois, et cela au moment de sa chute et comme on emmenait sur un brancard ce pauvre vice-directeur Stussi qui est mon supérieur hiérarchique immédiat, et le seul qui fraye avec les sur-comptables. Gardons le silence sur cette scène poignante, un véritable Crépuscule des Dieux. Revenons à vos scrupules : vous craignez de n'être pas à la hauteur du poste de directeur. Mais cher, très cher ami, croyez-m'en, n'importe qui est à la hauteur du métier de directeur, n'importe quel crétin, soit dit entre nous. Toutes vos fonctions consisteront à être directeur, à exister en tant que directeur, c'est tout, à assumer le titre, à représenter, et à faire visiter les bureaux aux Indiens, aux Chinois, aux Cafres, aux Zoulous, aux membres de l'Unesco et des académies de médecine et à Dieu sait qui encore s'intéresse dans le vaste monde à ces sacrés forceps. Les dispositions pratiques, l'organisation, la technique, la prospective, la planification, tout cela est du ressort du sur-comptable, si j'ose parler franc en face de l'éminent ami que vous êtes. Vous n'avez pas à vous faire de mauvais sang. Ce qui sera important, par exemple, ce sera votre choix d'un vice-directeur dans les rangs des sur-comptables ; Stussi est à présent en dehors de la course, il était grand temps d'ailleurs, un intime du recteur Zeus, sa créature... bon, je ne veux pas parler des qualités professionnelles du directeur Zeus. Ce ne serait pas convenable. Ses nerfs ont lâché. Loin de moi l'envie de le critiquer, mais j'ai porté une lourde croix, je vous assure. Ceci tout à fait entre nous : il aurait été totalement incapable de comprendre seulement le quart de la moitié du rapport sur la Dalmatie que vous avez rédigé, cher ami et bienfaiteur. Je sais, je sais, ce n'était pas la Dalmatie, c'était le Toggenbourg ou la Turquie, n'y pensons plus, vous êtes destiné à d'autres sommets. Pareil à l'aigle altier, élancez-vous dans l'azur au-dessus des pauvres sur-comptables émerveillés que nous sommes. Et laissez-moi vous le dire une dernière fois du fond du cœur : nous nous réjouissons entre sur-comptables de vous avoir pour directeur ! Et je n'ai pas besoin de vous le répéter : c'est moi, votre meilleur ami, qui ai crié Alleluia et Hosanna avec le plus d'enthousiasme (ici les yeux de Su C 9 Fcp s'embuèrent), cela ne se fait pas, j'aurais l'air de briguer un poste de vice-directeur ; et remarquez que je suis doyen d'âge. Quel que soit le choix que vous ferez parmi nous, quel que soit le sur-comptable que vous nommerez comme votre délégué, j'accueillerai votre décision avec humilité et je demeurerai toujours votre plus fervent admirateur. A propos, mon collègue Spätzle aurait voulu vous parler, de même que mon collègue Schränzle, mais je crains, oui je crains bien que vous n'en ayez plus le temps : je dois vous conduire sans tarder auprès de Petit-Paysan et vous déposer intact dans son antichambre, l'heure passe, nous n'avons que le temps. Allons venez, tête haute, savourez votre bonheur, et dites-vous bien que vous êtes le plus digne, le plus doué de nous tous, un étalon-or pour ainsi dire, un génie. Avec votre élan, votre dynamisme, votre énergie, la section des forceps va dépasser celle des mitrailleuses, c'est moi qui vous le dis, cher monsieur le directeur, si je peux me permettre, j'ai bien l'honneur, ce m'est un plaisir, et prenons donc l'ascenseur directorial. »

Guidé par Su C 9 Fcp, Archilochos pénétra dans des régions insoupçonnées, un royaume de verre et de matériaux inconnus, luisant de propreté, à la sortie d'un somptueux ascenseur qui l'avait porté aux mystérieux étages supérieurs du bâtiment administratif. Des secrétaires souriantes et parfumées voletaient autour de lui, blondes, brunes, châtaines, et l'une d'elles aux superbes cheveux de cinabre ; des sous-directeurs s'effaçaient sur son passage, des directeurs s'inclinaient, des directeurs généraux lui faisaient un signe de tête, de moelleux corridors l'accueillaient entre leurs portes où s'allumaient de petites lampes, parfois rouges, parfois vertes, seuls signes d'une discrète activité administrative. Ils s'avançaient sans bruit sur d'épais tapis qui semblaient étouffer tout bruit et jusqu'au plus léger chuchotement, jusqu'à la toux la plus discrète. Des peintures impressionnistes françaises éclairaient les murs (la collection de tableaux de Petit-Paysan était célèbre), une danseuse de Degas, une baigneuse de Renoir ; des fleurs embaumaient dans de grands vases. Plus ils montaient, plus galeries et couloirs étaient déserts, perdaient leur caractère fonctionnel, moderne et froid, et, sans modifier leurs proportions, se faisaient charmants, intimes, humains. Des Gobelins couvraient à présent les murs, des miroirs dans des cadres dorés rococo ou Louis XVI, quelques Poussin, quelques Watteau, un Claude Lorrain. Quand ils atteignirent le dernier étage, Su C 9 Fcp aussi impressionné qu'Archilochos, car il n'était jamais monté si haut lui non plus, prit congé. Le sous-comptable fut reçu par un monsieur très digne et grisonnant en smoking impeccable, un secrétaire qui le conduisit le long de gais corridors et de salles lumineuses ornées de vases anciens et de madones gothiques, de divinités asiatiques et de tapisseries indiennes. Rien ici ne faisait plus penser à la production des canons atomiques et des mitraillettes, seule la vue des petits amours rebondis qui souriaient au sous-comptable sur une toile de Rubens auraient pu lui rappeler les forceps. Tout, à cette altitude, était heureux. Le soleil qui brillait à travers les fenêtres donnait une aimable impression de chaleur bien qu'il trônât en réalité dans un ciel glacé. Des fauteuils et des canapés confortables s'offraient, on entendait quelque part un rire clair qui rappela à Archilochos, toujours en blouse grise, le rire de Chloé, le gai dimanche qu'il avait vécu et dont il vivait à présent la suite féerique ; de la musique chantait (Haydn ou Mozart), et l'on n'entendait aucun tintement de machine à écrire, aucun pas agité de comptable, rien qui ressemblât au monde d'où il venait de s'élever et qui s'enfonçait au-dessous de lui comme un mauvais rêve. Puis, ils se trouvèrent dans une pièce tendue de soie rose où pendait un grand tableau représentant une femme nue, le fameux Titien dont on parlait partout, dont on chuchotait partout le prix. Il y avait là des meubles délicats, un petit bonheur-du-jour, une petite pendule murale au tic-tac argentin, une table à jeu avec quelques fauteuils, et des masses de fleurs, — roses, camélias, tulipes, orchidées, glaïeuls, comme s'il n'y avait pas de saisons, pas de froid, pas de brumes, pas d'hiver. A peine étaient-ils entrés qu'une petite porte s'ouvrit dans le mur et que Petit-Paysan parut, en smoking comme le secrétaire, un mince volume de poèmes d'Hölderlin dans la main gauche dont l'index était glissé entre deux pages. Le secrétaire sortit. Archilochos et Petit-Paysan étaient debout face à face.

GREC CHERCHE GRECQUE

« Eh bien, mon cher monsieur Anaximander... », commença Petit-Paysan.

Le sous-comptable rectifia : il s'appelait Arnolphe Archilochos.

« Archilochos. Parfait. Je savais bien que votre nom était un peu grec, balkanique, mon cher sur-comptable. »

« Sous-comptable », dit Archilochos soucieux d'exactitude.

« Sous-comptable, sur-comptable, c'est bien à peu près la même chose, non ? » fit le grand industriel en souriant. « Moi, en tout cas, je ne vois pas la différence. Comment trouvez-vous mes appartements de repos ? Jolie vue, je dois reconnaître. On voit toute la ville, le fleuve et même le palais du chef de l'état, sans parler de la cathédrale et de la gare du nord dans le lointain. »

« C'est très beau, Monsieur Petit-Paysan. »

« Savez-vous que vous êtes le premier de la section des canons atomiques à monter à cet étage ? » dit le grand industriel comme s'il félicitait Archilochos d'un record sportif.

Celui-ci répondit qu'il venait de la section des forceps, qu'il y travaillait sur la Suisse occidentale et le Tyrol, et, actuellement, sur le canton d'Appenzell Innerhoden.

« Voyez-vous ça », s'étonna Petit-Paysan.

« Vous venez de la section des forceps ? Je ne savais même pas que nous fabriquions ces appareils-là. Qu'est-ce que c'est au juste ? »

Forceps, mot latin, expliqua Archilochos, désignait un instrument utilisé en obstétrique et destiné à saisir au moment de la naissance la tête de l'enfant afin de hâter la fin de l'accouchement. La fabrique de machines Petit-Paysan, société anonyme, fabriquait des forceps de plusieurs modèles, mais l'on distinguait surtout, d'une part, celui à cuillerons courbés pour épouser la forme de la tête et comportant une seconde courbure, dite courbure du bassin et même une courbure périnéale qui en facilitait l'introduction ; et, d'autre part, celui à griffes courtes ou longues en bois ou métal, avec ou sans manche. L'on remarquait encore la clef, c'est-à-dire le dispositif placé au milieu des deux cuillères et qui permettait de les utiliser comme une pince. Les prix...

« Vous possédez admirablement votre sujet », fit le grand industriel souriant. « Mais nous n'entrerons pas dans le détail des prix. Et maintenant, mon cher monsieur... »

« Archilochos. »

« Archilochos, pour être bref et ne pas vous laisser davantage sur des charbons ardents, je vous nomme directeur des canons atomiques. Vous venez de me dire, il est vrai, que vous apparteniez à la section des forceps dont je ne soupçonnais absolument par l'existence. Cela me surprend un peu, une confusion a dû se produire quelque part ; cela arrive tout le temps dans une entreprise aussi gigantesque. Bon, peu importe, fusionnons les deux sections, considérez-vous désormais comme le directeur de la section des canons atomiques et des forceps ; on mettra les directeurs actuels à la retraite. Je me réjouis de pouvoir vous apprendre moi-même votre promotion et je vous souhaite bonne chance. »

« M. le directeur Zeus de la section des forceps est déjà dans une clinique. »

« Ah ? Qu'est-ce qu'il a ? »

« Une dépression nerveuse. »

« Tiens ? C'est donc que mon intention aura filtré jusqu'à lui », fit Petit-Paysan en secouant la tête avec étonnement ; « et pourtant c'est le directeur Jehudi de la section des canons atomiques que je voulais congédier. Il y a toujours des fuites, on parle beaucoup trop, bah, le directeur Zeus m'a devancé avec sa dépression nerveuse. J'aurais été obligé de le congédier lui aussi. Espérons que le directeur Jehudi acceptera sa suspension avec plus de sérénité. »

Archilochos rassembla son courage et osa regarder pour la première fois en face Petit-Paysan, sa plaquette de vers à la main. « Oserai-je demander ce que tout cela signifie ? », dit-il. « Vous me faites appeler, vous me nommez directeur de la section des canons atomiques et des forceps. Je suis inquiet, je dois l'avouer, car je n'y comprends rien. »

Petit-Paysan considéra tranquillement le sous-comptable, posa le volume d'Hölderlin sur le drap vert de la table à jeu, s'assit et invita d'un geste de la main Archilochos à faire de même. Ils étaient assis au soleil sur de moelleux coussins, l'un en face de l'autre. Archilochos osait à peine respirer, tant cet entretien lui paraissait solennel. Il allait enfin apprendre la raison de ces événements énigmatiques, pensa-t-il.

« Monsieur Petit-Paysan », reprit-il alors d'une voix timide et haletante, « je vous ai toujours admiré, vous occupez le numéro trois dans la structure morale mondiale que j'ai érigée afin de posséder une base éthique stable. Vous venez immédiatement après notre vénéré chef de l'état et l'évêque Moser de l'ancienne nouvelle église presbytérienne ; c'est pour moi une raison de plus de vous supplier de m'expliquer la raison de vos agissements : le comptable Rummel, et le sur-comptable Petit-Pierre veulent me faire croire que c'est à cause de mes rapports sur la Suisse occidentale et le Tyrol, mais je sais bien que personne ne les lit. »

« Cher monsieur Agesilas », commença gravement M. Petit-Paysan.

« Archilochos. »

« Cher monsieur Archilochos, vous étiez comptable ou sur-comptable — j'ignore complètement, je vous l'ai dit, en quoi consiste la différence — et vous êtes à présent directeur. Cela semble vous préoccuper. Voyez-vous, mon cher ami, il faut considérer tous ces événements, pour vous extraordinaires, dans leur contexte universel et comme un fragment de l'activité multiple de ma chère fabrique de machines. Quand on pense qu'elle fabrique — comme j'ai eu la joie de l'apprendre aujourd'hui — jusqu'à des forceps !... Espérons que cette production rapporte quelque chose. »

Archilochos rayonnait.

Rien que dans le canton d'Appenzell Innerhoden, on en avait vendu soixante-deux au cours des trois dernières années, dit-il.

« Hum, c'est un peu maigre. Mais c'est toujours ça. Il doit s'agir surtout d'une section humanitaire. Il est bon qu'aux instruments qui suppriment des hommes de la terre nous ajoutions des instruments qui en mettent au monde. Il faut préserver un certain équilibre, même si tout n'est pas rentable. Nous nous en réjouirons donc. »

Petit-Paysan demeura un instant silencieux et pensif.

« Dans son poème *Archipelagos,* Hölderlin qualifie le marchand, donc aussi bien l'industriel : celui qui pense au loin », reprit-il enfin avec un léger sourire. « Cette formule m'a frappé. Une entreprise comme celle-ci est énorme, mon cher monsieur Aristippe, le nombre des ouvriers et des employés, des comptables et des secrétaires est immense, on en perd la notion, c'est à peine si je connais les directeurs et, très superficiellement, les directeurs généraux ; un myope se perdrait dans cette forêt vierge, seul celui qui voit loin et considère non pas les détails ni les destins individuels mais le tout, qui ne perd pas de vue le but lointain, celui qui pense au loin, comme dit le poète — vous connaissez sûrement son œuvre — seul un homme toujours prêt à concevoir de nouveaux plans, lancer de nouvelles entreprises, en Inde, en Turquie, dans les Andes, au Canada, ne se noie pas dans le marécage des concurrences et des trusts. Penser au loin... je suis justement sur le point de m'associer avec le trust du caoutchouc et des lubrifiants. Ça, c'est l'avenir. »

Petit-Paysan se tut de nouveau un moment, on voyait qu'il pensait au loin.

« Voilà comment je travaille, comment j'œuvre », dit-il enfin, « comment je tisse sur le métier à tisser du temps. Un petit fragment sans doute. Qu'est-ce que la fabrique de machines Petit-Paysan comparée au trust de l'acier ou aux forges Allzeit-Freuden, aux établissements Pestalozzi ou Hosler-La Biche ? Rien ! Mais, pour en revenir à mes ouvriers et employés, comment suivre tous ces destins individuels sans perdre l'ensemble de vue ? Cette question me tourmente souvent. Sont-ils heureux ? Il en va de la liberté du monde, mes ouvriers sont-ils libres ? J'ai créé des œuvres sociales, des foyers de repos pour les mères et les pères, des salles de gymnastique, des piscines, des cantines, des comprimés de santé, des représentations théâtrales, des concerts. Mais le monde que j'emploie ne reste-t-il pas englué dans la matière, dans l'impur argent ? C'est une question qui me préoccupe douloureusement. Un directeur a une dépression nerveuse parce qu'on met un autre à sa place. C'est vraiment odieux. Comment peut-on attacher tant d'importance à l'argent ? Seul compte l'esprit, cher monsieur Artaxerxès, il n'y a rien de plus méprisable, de moins important que l'argent. »

Petit-Paysan observa un nouveau silence, l'air soucieux.

Archilochos n'osait pas bouger.

Enfin, le grand industriel se redressa et reprit d'une voix nette et énergique.

« Vous demandez pourquoi je vous ai nommé directeur. Eh bien, je vais vous répondre : pour ne pas me borner à prêcher la liberté mais pour la réaliser aussi. Je ne connais pas mes employés, je ne les comprends pas, ils ne m'ont pas l'air d'être parvenus à une notion purement spirituelle des choses. Ils ne semblent pas avoir comme moi, pour idéal : Diogène, Albert Schweitzer, saint François d'Assise. Ils sont prêts à sacrifier la méditation, le service d'autrui, la bénédiction de la pauvreté, pour le mirage du clinquant social. Eh bien, il faut donner au monde ce qu'il demande. J'ai toujours suivi ce principe de Laotsé. Voilà précisément pourquoi je vous ai nommé directeur. Afin que, sur ce point aussi, justice soit faite. Un homme sorti du rang, qui connaît à fond les soucis et les misères des employés, sera leur directeur. J'organise l'ensemble de l'entreprise mais celui qui est en contact avec les comptables et les sur-comptables, les secrétaires et les dactylographes, avec les garçons de course et les femmes de ménage de l'appareil administratif, devra lui aussi avoir travaillé sur les derniers barreaux de l'échelle. Ce n'était pas le cas du directeur Zeus ni du directeur Jehudi, je les ai achetés à des concurrents ruinés, comme directeurs entièrement confectionnés et prêts à porter. Oublions le passé. Il est temps de réaliser radicalement notre monde occidental. Les politiciens l'ont raté. La grosse industrie aussi. Tout fout le camp, cher monsieur Agamemnon. Seul est créateur l'homme entièrement homme. Votre nomination représente un geste créateur, un acte de socialisme créateur, que nous *devons* opposer au communisme non créateur. Voilà tout ce que j'ai à vous dire. Vous êtes désormais directeur, directeur général. Mais commencez par prendre des vacances (ajouta-t-il en souriant), votre chèque est prêt et vous attend à la caisse. Equipez-vous. Je vous ai aperçu dernièrement avec une femme ravissante. »

« Ma fiancée, monsieur Petit-Paysan. »

« Vous avez l'intention de vous marier. Je vous félicite. Faites-le. Ce bonheur ne m'était malheureusement pas destiné. Je vous fais verser un an de traitement de directeur général, traitement doublé puisque vous ajoutez la section des forceps à celle des canons atomiques. J'ai un coup de téléphone très important à donner à Santiago. Adieu donc, mon cher monsieur Anaxagoras. »

A peine le directeur général Archilochos, ci-devant So C 122 Fcp 31, avait-il quitté, escorté jusqu'à l'ascenseur par le secrétaire, le saint des saints du bâtiment administratif, qu'il se vit reçu par tous comme un prince, pathétiquement embrassé par les directeurs généraux, salué avec force courbettes par les directeurs ; les secrétaires s'empressaient en ronronnant, les sur-comptables l'entouraient à distance respectueuse, Su C 9 Fcp guettait dans l'ombre, débordant de dévouement, et l'on sortit de la section atomique le directeur Jehudi sur un brancard et dans une camisole de force, épuisé à présent et sans connaissance. On disait qu'il avait mis en pièces tout le mobilier de son bureau. Mais Archilochos ne s'intéressait qu'à son chèque qu'il alla toucher aussitôt. Cela au moins était sûr, se dit-il, toujours méfiant ; il nomma Su C 9 Fcp vice-directeur de la section des forceps, promut comptables

les numéros So C 122 Fcp 28, So C 122 Fcp 29, So C 122 Fcp 30, donna quelques instructions concernant la publicité des forceps dans le canton d'Appenzell Innerhoden et quitta le bâtiment de l'administration.

Il était à présent, pour la première fois de sa vie assis dans un taxi, exténué, affamé, étourdi par sa vertigineuse ascension. Il se fit conduire chez Madame Bieler.

La ville s'étendait sous un ciel clair dans un froid glacial. Les objets paraissaient extraordinairement distincts et comme cristallisés sous une lumière éblouissante : les bâtiments, les ponts, le grand drapeau au-dessus du palais présidentiel ; le fleuve était un miroir ; les couleurs restaient séparées les unes à côté des autres sans bavures et les ombres sur les rues et les boulevards semblaient cernées par un trait sûr.

Archilochos entra au bistrot, la porte sonna comme d'habitude et il ôta son minable pardessus d'hiver.

« Mon Dieu », dit Georgette qui était en train de se verser un Campari derrière son comptoir, entourée de bouteilles et de verres étincelants dans le soleil froid : « Mon Dieu, Monsieur Arnolphe ! Qu'est-ce qui a bien pu vous arriver ? Vous avez l'air fatigué et vous êtes tout pâle, on dirait que vous n'avez pas dormi de la nuit, et vous nous arrivez à une heure où vous devriez être depuis longtemps en train de travailler chez votre exploiteur du peuple. Qu'est-ce qui s'est passé ? Vous avez enfin couché avec une femme ou bu du vin ? Vous êtes renvoyé ? »

« Au contraire », dit Archilochos en s'asseyant dans son coin.

Auguste apporta le lait.

Georgette intriguée demanda ce que signifiait « au contraire », alluma une cigarette et souffla la fumée dans les rayons obliques du soleil.

« J'ai été nommé ce matin directeur général de la section des canons atomiques et des forceps. Par Petit-Paysan en personne », annonça Archilochos encore haletant.

Auguste lui apporta un plat de pommes râpées, des nouilles et de la salade.

« Hum », grommela Georgette qui ne paraissait même pas s'étonner de l'événement. « Pourquoi ça ? »

« Par socialisme créateur. »

« Vous m'en direz tant. Et comment ç'a marché hier avec la Grecque ? »

« Nous nous sommes fiancés », dit Archilochos confus et rougissant.

« Ça, c'est bien », approuva Madame Bieler. « Qu'est-ce qu'elle fait comme métier ? »

« Femme de chambre. »

« Elle doit avoir une place extraordinaire pour pouvoir s'acheter un manteau pareil », dit Auguste.

« Tais-toi ! » lui dit Georgette.

Ils s'étaient promenés, raconta Arnolphe et tout avait été surprenant, singulier, presque comme dans un rêve. Tout le monde s'était mis à le saluer, par la portière des autos, par les fenêtres des autobus, le chef de l'état, l'évêque Moser, le peintre Passap, et l'ambassadeur des Etats-Unis qui lui avait crié Hello.

« Tiens ! » dit Georgette.

« Maître Dutour aussi m'a salué », continua Arnolphe, « et Hercule Wagner mais seulement du coin de l'œil ».

« Du coin de l'œil », répéta Georgette.

« Celle-là ! » grommela Auguste.

« Tais-toi ! » lui ordonna madame Bieler d'un ton si impérieux qu'il alla cacher ses jambes velues derrière le poêle. « Tu n'as rien à dire, ce ne sont pas des histoires pour hommes !... Et maintenant vous allez sans doute épouser bientôt votre Chloé », reprit-elle en s'adressant à Archilochos, et elle avala son Campari.

« Le plus vite possible. »

« Ça, c'est intelligent. Avec les femmes, il faut agir, surtout quand elles s'appellent Chloé. Et où habiterez-vous avec votre Grecque ? »

Il ne savait pas, soupira Archilochos perplexe, penché sur ses nouilles et ses pommes râpées. « Evidemment pas dans ma mansarde, à cause des chasses d'eau et de la mauvaise aération. Dans une pension de famille, pour commencer. »

« Voyons, Monsieur Archilochos », fit Georgette en riant, « un homme qui a tant de galette ! Allez au Ritz, c'est votre place. Et dorénavant, ici, vous payerez le double. Les directeurs généraux, il faut les saler, sans ça à quoi ils serviraient ? »

Elle se versa un nouveau Campari.

Quand Archilochos fut parti, le silence régna un moment chez Auguste ; Madame Bieler lavait des verres et son mari restait assis, immobile, derrière le poêle.

« Une fille pareille », dit enfin Auguste en frottant ses maigres guibolles. « Quand je suis arrivé second au Tour de France j'aurais pu m'en envoyer une comme ça, moi aussi, avec manteau de fourrure, des parfums de luxe et un gros industriel, un M. von Zunftig, il possédait des mines de charbon en Belgique. Moi aussi maintenant je serais directeur général. »

« Tu dis des bêtises », fit Georgette en s'essuyant les mains. « Tu n'étais pas né pour les hautes sphères. Une femme comme ça ne t'aurait pas épousé. Il n'y a rien à tirer de toi. Archilochos, lui, c'est un veinard, je l'ai toujours senti, et puis c'est un Grec. Tu verras jusqu'où il arrivera. Il montera encore plus haut, et comment ! Cette femme est de première classe. Qu'elle ait envie de quitter son métier, ça se comprend. Ça finit par être fatigant à la longue et pas toujours agréable, loin de là. Elles veulent toutes en sortir, moi aussi. La plupart n'y arrivent pas d'ailleurs, elles finissent vraiment dans le ruisseau, comme on le leur prédit toujours. Quelques-unes tombent sur un Auguste aux jambes nues et en maillot jaune — eh bien, moi, je m'en contente quand je pense à ce temps-là et je n'ai jamais eu de grand industriel. Je n'avais pas ce style-là, professionnellement parlant. Je n'avais qu'un cercle de petits bourgeois, quelques petits fonctionnaires du ministère des Finances ; une fois, j'ai eu un aristocrate pendant quinze jours, le comte Dodo von Malchern, le dernier de sa famille, il est mort et enterré. Mais cette Chloé, elle arrivera. Elle a son Archilochos et tout ira bien. »

Pendant ce temps-là, Archilochos s'était fait conduire en taxi à la banque mondiale puis à une agence de voyages sur le quai de l'Etat. Il entra dans une vaste salle aux murs couverts de cartes et d'affiches en couleurs. « Visitez la Suisse. » — « Le Midi ensoleillé t'appelle. » — « A Rio avec Air France. » — « La verte Irlande. » Employés aux visages affables et lisses. Cliquetis des machines à écrire. Eclairage au néon. Etrangers aux langues inconnues.

Il voulait aller en Grèce, expliqua-t-il. A Corfou, au Péloponèse, à Athènes.

L'agence ne s'occupait pas des voyages par cargo, l'employé regrettait.

Archilochos précisa qu'il désirait faire la traversée sur le *Julia*. Il voulait une cabine de luxe pour sa femme et lui.

L'employé feuilleta un horaire, donna à un

souteneur espagnol (Don Ruiz) l'heure d'un train. Il n'y avait plus de places sur le *Julia,* dit-il enfin, puis il se tourna vers un négociant du Caire.

Archilochos quitta l'agence de voyages et s'assit dans le taxi qui l'avait attendu. Il réfléchit un moment puis il demanda au chauffeur quels étaient les meilleurs tailleurs de la ville.

« O'Neill-Papperer, avenue Bikini et Vatti, rue Saint-Honoré », répondit le chauffeur étonné.

« Le meilleur coiffeur ? »

« José, quai Offenbach. »

« Le meilleur chapelier ? »

« Goschenbauer. »

« Où achète-t-on les plus beaux gants ? »

« Chez De Stutz et Kalbermatt. »

« Bon », dit Archilochos. « Conduisez-moi dans ces magasins. »

Ils allèrent donc avenue Bikini chez O'Neill-Papperer, rue Saint-Honoré chez Vatti, quai Offenbach chez José, puis chez le gantier De Stutz et Kalbermatt et le chapelier Goschenbauer. Arnolphe passa par de nombreuses mains qui le tâtèrent, le mesurèrent, lui lavèrent et coupèrent les cheveux, le frictionnèrent, le transformant peu à peu ; et c'est fort élégant et sentant bon qu'il remonta dans son taxi en sortant de chez Goschenbauer coiffé d'un feutre Eden gris argent.

Vers la fin de l'après-midi, il se fit conduire à l'agence de voyages du quai de l'Etat.

Il désirait une cabine de luxe à deux couchettes sur le *Julia,* dit-il d'une voix inchangée à l'employé qui l'avait éconduit, en posant sur la table de verre son feutre Eden gris argent.

L'employé commença à remplir un formulaire. « Le *Julia* part vendredi prochain. Corfou, le Péloponnèse, Athènes, Rhodes et Samos », dit-il. « Puis-je vous demander votre nom ? »

Quand Arnolphe se fut éloigné après avoir payé ses deux passages, l'employé se tourna vers le souteneur espagnol qui était toujours là à feuilleter des prospectus de voyages, s'interrompant de temps à autre pour recevoir des visites de dames qui (tout en étudiant, elles aussi, des prospectus de voyages) glissaient des billets de banque dans ses mains soignées.

« Qu'est-ce que vous en dites, Señor », dit l'employé indigné dans un espagnol qui sentait les cours du soir. « Un balayeur de rues, un ramoneur, arrive ici et demande deux passages sur le *Julia* qui est vraiment réservé à l'aristocratie, à la meilleure société (il s'inclina devant Don Ruiz), le prince de Hesse y fait la prochaine traversée et Mrs et Mr Weeman, et les Loren, et, comme on l'éconduit poliment et pour lui rendre service, car il ne pourrait que s'y sentir déplacé, voilà que ce type revient toujours aussi culotté, habillé comme un lord, riche comme un roi du pétrole, et je suis bien obligé de lui donner ses billets. Qu'est-ce que je peux faire contre la puissance du capital ? En trois heures, ce coquin a fait fortune. Il a dû attaquer une banque, violer, assassiner quelqu'un ou faire de la politique. »

« C'est vraiment scandaleux », répondit Don Ruiz dans un espagnol qui sentait le cours du soir.

Cependant Archilochos, — déjà la nuit tombait et les lumière s'allumaient — roulait en taxi sur le nouveau pont puis le long du boulevard Kunnecke, vers le domicile de l'évêque des anciens nouveaux presbytériens des avant-derniers chrétiens, mais, arrivé devant la petite villa de style victorien, il trouva Bibi assis contre un réverbère sur le trottoir en chapeau cabossé et chemise déchirée, sale, sentant l'alcool, en train de lire un journal qu'il avait trouvé dans le caniveau.

« Comme t'es fringué, frère Arnolphe ! » fit-il, siffla entre ses dents, claqua la langue, se moucha dans ses doigts, replia soigneusement le journal taché. « Qu'est-ce que c'est que ces pelures ? De première bourre. »

« Je suis devenu directeur général », dit Arnolphe.

« Voyez-vous ça ! »

« Je vais t'engager comme comptable dans la section des forceps si tu me promets de te conduire convenablement. Il faut de l'ordre. »

« Non, Arnolphe, je ne suis pas fait pour la vie de bureau. Tu as dix sacs ? »

« Qu'est-ce qu'il y a encore ? »

« Gottlieb a dégringolé du haut d'un mur. Il s'est cassé le bras. »

« Quel mur ? »

« Celui de Petit-Paysan. »

Pour la première fois de sa vie, Archilochos se mit en colère.

« Gottlieb n'a rien à faire sur le mur de Petit-Paysan », déclara-t-il impérieusement à son frère stupéfait. « Il n'a pas à s'introduire chez qui que ce soit. Petit-Paysan est mon bienfaiteur. Il m'a nommé directeur général par socialisme créateur, et tu oses encore me demander de l'argent, de l'argent que m'a donné Petit-Paysan ? »

« Ça n'arrivera plus jamais, frère Arnolphe », répondit Bibi avec une grande dignité, « il s'agissait d'un simple exercice et, de plus, Gottlieb s'était trompé de maison. Il voulait aller chercher du pèze chez l'ambassadeur du Chili, la façade est beaucoup plus commode. Il a confondu les numéros, c'est un enfant, un innocent. Alors, tu allonges le fric ? » Et il tendit sa sainte main fraternelle.

« Non », dit Archilochos, « je refuse de protéger ces friponneries. D'ailleurs, j'ai affaire chez l'évêque. »

« Je t'attendrai, frère Arnolphe », dit Bibi sans se démonter, et il déplia son journal. « Il faut que je réfléchisse à la situation mondiale. »

Gros et vermeil en complet d'ecclésiastique et col dur immaculé, l'évêque Moser reçut Archilochos dans son cabinet de travail, une petite pièce haute de plafond et enfumée, éclairée par une seule petite lampe, tapissée de livres sacrés et profanes. Entre les lourds rideaux de la haute fenêtre filtrait le rai de lumière du réverbère sous lequel attendait le frère Bibi.

Le visiteur se présenta. Il était sous-comptable mais promu aujourd'hui même directeur général de la section des canons atomiques et des forceps de la fabrique de machines Petit-Paysan.

L'évêque Moser le considéra avec bienveillance.

« Je sais, mon bon ami », zézaya-t-il. « Vous fréquentez l'office divin du pasteur Thurcker à la chapelle Héloïse, n'est-il pas vrai ? Je me tiens au courant des activités de notre chère ancienne nouvelle communauté presbytérienne. Soyez le bienvenu. » L'évêque serra énergiquement la main du directeur général.

« Prenez place », ajouta-t-il en lui désignant un confortable fauteuil et il s'assit derrière son bureau.

« Merci », dit Archilochos.

« Avant que vous m'ouvriez votre cœur, je souhaiterais vous ouvrir le mien », zézaya l'évêque. « Voulez-vous un cigare ? »

« Je ne fume pas. »

« Un petit verre de vin ? Du cognac ? »

« Je suis antialcoolique. »

« Vous permettez que j'allume un cigare ? La fumée d'un Dannemann accompagne bien un entretien intime, une confession d'homme à homme. Pèche bravement, disait Luther ; je voudrais ajouter : fume bravement et même bois bravement. Vous permettez ? »

Il prit un flacon de vieux cognac derrière des livres et en remplit un petit verre.

« Je vous en prie », fit Archilochos déconcerté. Il était déçu que son évêque ne répondît pas complètement au modèle qu'il avait toujours vu en lui.

L'évêque Moser alluma un Danneman.

« Voyez-vous, mon cher frère, je puis bien le dire, il y a longtemps que je souhaitais du fond du cœur bavarder un peu avec vous (il écarta de la main les premiers nuages de fumée du Danneman). Mais, mon Dieu Seigneur, on n'imagine pas tout ce qu'un évêque a à faire ! Il faut visiter des asiles de vieillards, organiser des camps de jeunes, trouver des foyers chrétiens pour les filles repenties, inspirer l'école du dimanche et le catéchisme de persévérance. Examiner des candidats, tancer les nouveaux presbytériens, laver la tête à nos prédicateurs. On a mille et mille choses à faire, on n'en sort pas. Mais notre cher Thurcker m'a beaucoup parlé de vous, vous n'avez pas manqué un seul office et vous avez toujours manifesté dans notre communauté une ferveur exceptionnelle. »

L'assistance aux offices était pour lui un devoir sacré, affirma vivement Archilochos. L'évêque Moser se versa un second petit verre de cognac.

« Vous voyez. J'ai appris tout cela avec plaisir. Or voilà que notre cher délégué au conseil mondial de l'ancienne nouvelle église presbytérienne a été rappelé il y a deux mois auprès de son père céleste, et je me demande si vous ne seriez pas tout indiqué pour ce poste éminent ; cela pourrait parfaitement se concilier avec vos fonctions de directeur général — il suffirait de ne pas trop insister sur la section des canons atomiques — nous avons besoin, en effet, d'hommes fermes sur leurs deux pieds au sein de la lutte pour la vie, une lutte dure et souvent cruelle, Monsieur Archilochos. »

« Mais, Monseigneur... »

« Alors, vous acceptez ? »

« C'est pour moi un honneur inespéré... »

« Je peux donc vous recommander au conseil mondial de l'église ? »

« Si vous croyez que... »

« Je ne vous dissimulerai pas que le conseil mondial se conforme volontiers à mes recommandations, presque trop volontiers, dirai-je. C'est cela qui donne souvent à croire que je suis le pape autoritaire de notre église. Je reconnais d'ailleurs que le conseil mondial est composé d'hommes charmants et de bons chrétiens, mais ils sont ravis que je les décharge de l'organisation et que je pense à leur place, une tâche qu'on ne peut malheureusement pas confier à tout le monde, et surtout pas aux membres du conseil mondial de l'église. La prochaine session à laquelle il vous faudra assister en qualité de candidat aura lieu à Sydney. Au mois de mai. C'est d'ailleurs une véritable aubaine qu'un tel voyage ; une occasion de découvrir un pays et des gens nouveaux, des mœurs inconnues, des coutumes exotiques, d'observer la misère et les problèmes de notre chère humanité dans d'autres régions. Les frais sont naturellement couverts par l'ancienne nouvelle église presbytérienne. »

« Je suis confus. »

« Voilà donc la demande que j'avais à vous faire », zézaya l'évêque. « Voyons maintenant la vôtre. Tout à fait entre nous, monsieur le directeur général, je la devine. Vous aspirez à fonder un foyer, à vous unir à une femme aimée par les liens du mariage. Je vous ai aperçu hier entre le columbarium du cimetière et le musée national, je vous ai d'ailleurs salué mais j'ai été obligé de m'éclipser aussitôt dans une petite rue obscure pour me rendre au chevet d'une pauvre vieille mourante... »

« Je comprends très bien, Monseigneur. »

« Alors, j'avais deviné ? »

« En effet. »

L'évêque Moser ferma la bible grecque ouverte devant lui.

« C'est une bien jolie petite femme », dit-il. « Je vous félicite. Quand le mariage doit-il avoir lieu ? »

« Demain. Dans la chapelle Héloïse si possible.

Et si vous vouliez bien célébrer le mariage, j'en serais très heureux. »

L'évêque parut un peu gêné.

« En réalité, c'est le rôle du pasteur en exercice », dit-il. « Thurcker est parfait dans la célébration des mariages, il a une belle voix bien sonore. »

« Je vous prie de bien vouloir faire une exception », insista Archilochos, « puisque je vais être conseiller mondial de l'église ».

« Hum. Croyez-vous que vous aurez déjà terminé les formalités légales ? » demanda l'évêque. Quelque chose le tourmentait visiblement.

« J'en chargerai maître Dutour. »

« Bon, alors oui », céda enfin l'évêque. « Nous disons donc demain dans la chapelle Héloïse, à trois heures de l'après-midi. Pourrais-je vous demander le nom de la mariée et son état civil ? »

L'évêque nota le nécessaire.

« Monseigneur », dit Archilochos, « mon prochain mariage était certes une raison suffisante pour me présenter chez vous, mais non la plus importante, si je puis dire et si ce n'était péché de parler ainsi car il n'est pas facile de trouver quelque chose de plus important que de remplir son devoir auprès d'une femme toute la vie durant. Et pourtant, il y a en ce moment une chose qui m'importe encore plus et qui pèse lourdement sur mon âme. »

« Parlez sans crainte, cher directeur général », répondit amicalement l'évêque. « Courage. Déchargez-vous de votre fardeau, qu'il s'agisse de soucis humains ou surhumains. »

« Monseigneur », commença timidement Archilochos. Il se redressa dans son fauteuil et croisa même les jambes. « Excusez-moi si je dis des choses sans queue ni tête. Ce matin, j'étais encore habillé tout autrement, minable, je le dis franchement, le complet dans lequel vous m'avez vu dimanche était mon costume de premier communiant, et me voilà tout d'un coup vêtu des articles les plus chers de chez O'Neill-Papperer et de chez Vatti. J'en suis gêné, Monseigneur, pensez donc, je me demande si je ne suis pas tombé complètement victime du monde et de ses mirages. »

« Au contraire », sourit l'éminent ecclésiastique. « Un extérieur agréable, un vêtement bien fait n'ont rien que de louable, aujourd'hui plus que jamais où c'est la mode dans certains milieux férus d'une philosophie sans Dieu de s'habiller d'une façon outrageusement négligée et presque en clochards, avec des chemises bariolées par-dessus le pantalon et autres horribles bizarreries de même acabit. Le christianisme n'exclut nullement une élégance discrète. »

« Monseigneur », reprit Archilochos encouragé, « il semble normal qu'un chrétien soit troublé quand les malheurs s'accumulent soudain sur lui. Cependant, il pourra se comparer à Job qui avait perdu fils et filles et qu'accablaient la misère et la lèpre, et il aura toujours la faculté de considérer le malheur comme une conséquence de ses péchés. Mais quand c'est le contraire qui se produit, quand ce sont les coups de chance qui s'accumulent, il y a là, me semble-t-il, plus de raisons d'être troublé car cela devient totalement inexplicable : quel homme, en effet, aurait mérité tout ça ? »

« Mon cher Monsieur Archilochos », fit l'évêque Moser en souriant, « la création est ainsi faite qu'une chose pareille n'a guère de chance de se produire. La créature gémit, comme dit saint Paul, et il est vrai que nous gémissons tous sous les coups du malheur qui nous frappent plus ou moins ; nous ne devrions d'ailleurs pas les prendre tellement au tragique et, justement, les considérer plutôt dans l'esprit de Job, comme vous l'avez si bien exprimé, presque aussi bien que le pasteur Thurcker. Le cas dont vous venez de parler, cette accumulation de tous les bonheurs possibles, ne se produit guère et ne mérite pas d'être mentionné. »

« Ce cas est le mien », dit Archilochos.

Le silence régna dans le cabinet de travail où le soir avait continué à tomber ; dehors, le jour était complètement éteint, il faisait une nuit noire et presque aucun son ne montait de la rue si ce n'est, de temps à autre, le ronflement d'une auto qui passait, ou l'écho des pas d'un piéton.

« Je suis frappé par une succession de bonheurs », poursuivit doucement l'ancien sous-comptable dans son impeccable complet, un chrysanthème à la boutonnière (le feutre Éden gris argent, les gants d'une blancheur éclatante et l'élégante pelisse de fourrure étaient restés dans l'antichambre). « Sur annonce matrimoniale publiée dans *Le Soir,* la plus merveilleuse jeune fille se présente qui m'aime dès le premier regard et que j'aime au premier regard. C'est comme dans un mauvais film, tout va trop vite, j'ai presque honte d'en parler, toute la ville se met à me saluer quand je me promène dans la rue avec cette jeune fille, le chef de l'état, vous-même, toutes sortes de personnalités importantes... et, aujourd'hui je fais la carrière la plus invraisemblable dans les milieux de l'industrie et de l'église, je sors à zéro, d'une existence lamentable de sous-comptable pour me trouver directeur général et conseiller mondial de l'église. Tout cela est inexplicable et me trouble profondément. »

L'évêque demeura longtemps silencieux, il semblait tout à coup vieilli et las, il regardait fixement devant lui, et le Dannemann qu'il avait posé dans le cendrier refroidissait, oublié.

« Monsieur Archilochos », dit enfin l'évêque qui avait tout à coup cessé de zézayer et qui parlait d'une voix changée et beaucoup plus ferme, « Monsieur Archilochos, tous ces événements que vous me racontez tête à tête dans le silence du soir, sont certes rares et extraordinaires. Mais pour ce qui est des motifs qui les ont provoqués, je crois que ce ne sont pas ces causes de nous inconnues (ici sa voix trembla et son zézayement reparut un instant), qui importent ou soient à considérer, ils relèvent du monde des hommes, et là nous sommes tous pécheurs, mais ce qui compte, la signification de tout cela : à savoir que vous êtes un homme béni sur lequel les signes de bénédiction s'accumulent de façon particulièrement visible. Ce n'est plus au sous-comptable Archilochos de s'affirmer à présent mais au directeur général et conseiller mondial de l'église Archilochos, et il ne peut plus s'agir pour vous que de prouver si vous méritez toutes ces faveurs. Acceptez ces événements avec la même humilité que si c'étaient des malheurs, c'est tout ce que je suis en mesure de vous dire à ce propos. Peut-être aurez-vous à présent un chemin particulièrement difficile à suivre, le chemin du bonheur qui n'est peut-être refusé à la plupart des hommes que parce qu'ils sauraient encore moins y marcher que sur le chemin du malheur où nous devons en règle générale cheminer ici-bas. Adieu donc (il se leva sur ces mots), à demain à la chapelle Héloïse où tout vous deviendra sûrement beaucoup plus clair, et je ne peux que prier pour que vous vous souveniez de mes paroles, quoi qu'il puisse vous advenir par la suite. »

Après son entretien avec l'évêque Moser dans le cabinet de travail enfumé de celui-ci, entre ces murs tapissés d'ouvrages classiques et de bibles, entre ce bureau et ces lourds rideaux, et après que le frère Bibi qui lisait son journal (*Le Soir*) sous la fenêtre de l'évêque eût finalement reçu son argent, le conseiller mondial de l'église aurait aimé se rendre immédiatement boulevard Saint-Père mais six heures seulement sonnaient à l'horloge de l'église des Jésuites de la place Guillaume et il décida d'attendre huit heures comme convenu, bien qu'il souffrît d'imaginer l'existence ancillaire de Chloé prolongée ainsi inutilement de cent vingt minutes. Il résolut de s'installer le soir même avec elle au Ritz et, en prévision de cela, y réserva deux chambres, l'une au premier étage, l'autre au cinquième, tant pour préserver la pudeur de la jeune fille que sa propre réputation de conseiller mondial de l'église. Puis il chercha à joindre maître Dutour, malheureusement en vain. On lui répondit que l'homme de loi était sorti pour une expertise. Il lui restait donc plus d'une heure et demie à tuer. Il acheta des fleurs, se renseigna sur un restaurant ; il n'avait pas envie de dîner dans le vieil établissement anti-alcoolique en face l'institut mondial de la santé et il n'était pas question non plus d'aller chez Auguste, il sentait avec un sourd chagrin que ses beaux habits y auraient été déplacés. Quelle figure aurait-il fait dans son costume d'O'Neill-Papperer à côté du maillot jaune de M. Bieler ? Il décida donc, avec quelque scrupule, de dîner au Ritz même, sans alcool naturellement, retint une table puis se rendit plein d'une joyeuse expectative à l'exposition Passap qui avait lieu, il venait de le découvrir par hasard, à la galerie Nadelör juste en face le Ritz, et qui restait ouverte le soir pour répondre au grand nombre d'amateurs qui s'y pressaient. C'étaient les dernières œuvres de Passap (angles de soixante degrés, ellipses et paraboles) qu'Archilochos contempla respectueusement parmi des Américains, des journalistes et des peintres, allant de salle en salle, ses fleurs (des roses blanches) à la main. Mais il s'arrêta brusquement devant un tableau bleu de cobalt et ocre qui ne montrait pourtant rien d'autre que deux ellipses et une parabole. Il regarda fixement la toile, pétrifié, tout rouge, serrant ses fleurs d'une main crispée, puis il s'éloigna vivement, saisi d'une horrible panique, baigné de sueur et secoué de frissons et se jeta dans un taxi après s'être enquis de l'adresse de l'artiste auprès de M. Nadelör en smoking, souriant et se frottant les mains à côté de la caisse ; sur quoi le marchand de tableaux, sans même prendre son manteau partit sur les talons d'Archilochos, en taxi lui aussi, afin de s'assurer de son pourcentage, car il redoutait quelque tractation secrète. Passap habitait rue Funèbre dans la vieille ville, où le taxi d'Arnolphe (suivi de près par celui de Nadelör) parvint par l'allée du Maréchal-Vögeli, non sans peine d'ailleurs car les partisans de Fahrk avaient justement organisé ce soir-là une manifestation avec portraits de l'anarchiste sur de grands placards, drapeaux rouges et gigantesques banderoles disant : « A bas le chef de l'état ! » « Boycottez le traité de Lugano ! » etc. Fahrk lui-même prononçait quelque part un discours. Des hurlements, des cris perçants remplissaient l'air, des coups de sifflet retentirent, on entendit le grondement d'une cavalcade et, comme la police intervenait avec matraques de caoutchouc et lances d'arrosage, le taxi du directeur général et celui du marchand de tableaux se trouvèrent également inondés, ce dernier plus encore, son occupant ayant cédé à la curiosité et ouvert une fenêtre. A ce moment, toutefois, les deux chauffeurs jurant à qui mieux mieux firent tourner leurs voitures devant Vrener et Pott et pénétrèrent dans la vieille ville. Les rues mal pavées montaient abruptement le long de maisons décrépites ; des essaims de putains pareilles à des oiseaux nocturnes sifflaient et adressaient des invites au passage des taxis ; il faisait si froid que l'eau dont ceux-ci avaient été arrosés était à présent devenue de la glace. Devant le numéro trente-quatre (où habitait Passap) de la rue Funèbre mal éclairée, Archilochos, les roses blanches toujours dans les bras, descendit de son véhicule fééeriquement festonné de luisantes et tintantes stalactites de gel, et dit au chauffeur de l'attendre. Entouré de gamins des rues qui s'accrochaient aux jambes de son pantalon, il passa devant un concierge malveillant et soûl et pénétra à l'intérieur de la vieille et haute maison où il commença à gravir un interminable escalier si pourri que son pied passa plusieurs fois à travers les marches et qu'il se trouva suspendu dans le vide, cramponné à la rampe de bois. Il monta péniblement d'étage en étage, des échardes plein les paumes, s'efforçant de déchiffrer dans une obscurité presque totale si le nom de Passap ne se trouvait pas sur une des vieilles portes, cependant que, derrière lui, s'essoufflait Nadelör qu'il continuait à ignorer. Il faisait dans l'escalier un froid atroce ; on tapotait quelque part sur un piano, ailleurs on ouvrait et fermait une fenêtre. Derrière une porte, une femme tempêtait et un homme poussait des cris de joie, on devinait d'immondes orgies. Archilochos montait toujours plus haut, enfonça de nouveau jusqu'au genou dans un trou, s'emberlificota dans des toiles d'araignée, un gros insecte à demi gelé lui tomba sur le front et il le chassa d'un geste furieux. Enfin, la pelisse de chez Vatti et le beau complet neuf d'O'Neill-Papperer couverts de poussière, le pantalon déchiré, mais les fleurs toujours intactes, il trouva en haut d'une étroite échelle extrêmement raide une porte branlante qui portait obliquement le nom de Passap écrit à la craie en lettres gigantesques. Il frappa. Deux étages au-dessous, dans l'escalier glacial, Nadelör tendit l'oreille. Pas de réponse. Il frappa une seconde fois, une troisième, une quatrième. Rien. Le conseiller mondial de l'église tourna le bouton, la porte n'était pas verrouillée, il entra.

Il se trouva dans une immense salle, une espèce

de grange ; un enchevêtrement de poutres soutenait des plates-formes à divers niveaux. Partout se dressaient des dieux nègres, partout s'entassaient des toiles, des cadres vides, des sculptures, d'étranges compositions en fil de fer ; un poêle flamboyait surmonté d'un très long tuyau grotesquement tordu ; partout des bouteilles de vin et de whisky, des tubes de couleurs, des baquets de peinture, des pinceaux, des chats, et, empilés sur les chaises ou bien dispersés par terre, des livres. Passap était debout au milieu de la pièce en blouse originellement blanche mais entièrement couverte de taches de peinture, il travaillait au couteau une toile posée sur un chevalet représentant des paraboles et des ellipses, tandis que devant lui, près du poêle, une grosse fille était assise sur une chaise boiteuse, complètement nue, ses longs cheveux blonds défaits, les bras repliés sous la nuque. Le conseiller mondial de l'église s'arrêta, interdit (c'était la première fois qu'il voyait une femme nue), osant à peine respirer.

« Qui êtes-vous ? » lui demanda Passap.

Archilochos se présenta, un peu surpris de la question, car Passap l'avait salué le dimanche au parc.

« Que voulez-vous ? »

« Vous avez peint ma fiancée nue », répondit le Grec d'une voix étranglée.

« Vous voulez parler de mon tableau : *Vénus 11 juillet* qui est en ce moment exposé chez Nadelör. »

« En effet. »

« Rhabille-toi », ordonna Passap à son modèle qui disparut derrière un paravent. Le peintre considéra Archilochos longuement et attentivement, la pipe à la bouche, la fumée montant en volutes parmi les poutres.

« Et alors ? »

« Monsieur », commença Archilochos avec la plus grande dignité, « je suis un grand admirateur de votre art. J'ai suivi votre œuvre avec enthousiasme, et vous ai même assigné le numéro quatre de mon ordre universel. »

« Ordre universel ? Qu'est-ce que c'est que cette connerie ? » demanda Passap en amoncelant de nouveaux tas de peinture (bleu de cobalt et ocre) sur sa palette.

« J'ai établi une liste des représentants les plus méritants de notre époque, la liste de mes modèles moraux. »

« Et puis ? »

« Monsieur, malgré l'enthousiasme que vous m'inspirez, malgré l'admiration que j'éprouve pour vous, je me vois obligé de vous demander une explication. Ce n'est certainement pas tous les jours qu'un fiancé découvre sa fiancée peinte nue sous les traits de Vénus. Il a beau s'agir d'un tableau abstrait, un observateur sensible ne peut pas ne pas reconnaître l'objet. »

« En tout cas », dit Passap, « mes critiques en sont bien incapables ».

Il regarda de nouveau Archilochos, s'approcha de lui, le tâta comme un cheval, recula de quelques pas et fronça les sourcils.

« Déshabillez-vous », dit-il enfin, puis il se versa du whisky, le but et bourra sa pipe.

« Mais... », voulu protester Archilochos.

« Pas de mais », ordonna Passap avec un regard si méchant, si noir, si perçant, qu'Archilochos se tut. « Je veux vous peindre en Arès. »

« Arès ? »

« Le dieu de la guerre chez les Grecs », expliqua Passap. « Je cherche depuis des années un modèle approprié, le pendant de ma Vénus : vous l'êtes. Le colérique typique, l'amoureux du tumulte des combats, l'organisateur de bains de sang. Vous êtes grec ? »

« Certes mais... »

« Vous voyez. »

« Monsieur Passap », reprit enfin Archilochos.

« Vous vous trompez. Je ne suis pas colérique, ni organisateur de bains de sang, ni amoureux du tumulte des combats. Je suis un homme paisible, conseiller mondial de l'ancienne nouvelle église presbytérienne, fermement antialcoolique et je me garde bien de fumer. En outre, je suis végétarien. »

« Conneries », dit Passap. « Quel est votre métier ? »

« Directeur général de la section des canons atomiques et des... »

« Nous y voilà ! » l'interrompit Passap. « Vous êtes bien un dieu de la guerre. Et colérique. Seulement, vous êtes refoulé, vous n'êtes pas encore parvenu à la forme d'existence qui vous convient. Vous êtes un ivrogne et un érotique né, le plus magnifique Arès que j'aie jamais rencontré. Aussi, déshabillez-vous, mais vite. Je suis là pour peindre et pas pour bavarder. »

« Pas tant que cette demoiselle que vous venez de peindre sera dans la pièce », protesta Archilochos.

« Va-t'en, Catherine. Tu le gênes », cria le peintre. « J'aurai de nouveau besoin de toi demain matin, ma grosse ! »

La grosse fille aux cheveux blonds à présent vêtue prit congé. Comme elle ouvrait la porte, elle trouva devant elle Nadelör tremblant de froid et gainé de glace.

« Je proteste », s'écria le marchand de tableaux d'une voix enrouée. « Je proteste, monsieur Passap, nous étions convenus... »

« Foutez-moi le camp d'ici ! »

« Je grelotte », dit le marchand de tableaux avec désespoir, « mais nous étions convenus... ».

« Grelottez tant que vous voudrez. »

La fille referma la porte, on entendit ses pas descendre l'échelle.

« Alors ? » demanda le peintre mécontent à Archilochos, « vous n'avez pas encore ôté votre froc ? »

« Si, si », répondit le directeur général en se déshabillant. « La chemise aussi ? »

« Tout. »

« Les fleurs ? Elles sont pour ma fiancée. »

« Posez-les par terre. »

Le conseiller mondial de l'église déposa soigneusement ses vêtements sur une chaise, les épousseta car ils s'étaient couverts de poussière pendant la pénible montée de l'escalier, et se redressa enfin, tout nu.

Il avait froid.

« Poussez la chaise près du poêle. »

« Mais... »

« Montez sur la chaise et prenez une attitude de boxeur, les bras formant des angles de soixante degrés », ordonna Passap. « C'est exactement comme ça que je me suis toujours représenté un dieu de la guerre. »

La chaise était très branlante, mais Archilochos obéit.

« Vous êtes bien gras », grommela le peintre mécontent en se versant un nouveau whisky. « Ça me plaît quelquefois chez les femmes. Enfin ça peut se supprimer. L'essentiel c'est le visage et la cage thoracique. L'abondance de poils est bonne, particulièrement martiale. Les cuisses aussi peuvent aller. Otez vos lunettes, elles me gâchent l'illusion. »

Il se mit à peindre des angles de soixante degrés, des ellipses, des paraboles.

« Monsieur », commença le conseiller mondial de l'église (dans l'attitude d'un boxeur) « vous me devez une explication... »

« Taisez-vous », tonna Passap. « Si quelqu'un parle ici, c'est moi. J'ai peint votre fiancée, quoi de plus naturel ? Une femme superbe. Vous connaîtrez ses seins. »

« Monsieur... »

« Et ses cuisses. Son nombril. »

« Je dois... »

« Reprenez la pose, nom de Dieu ! » cracha le peintre en étalant sur sa toile d'épaisses couches de bleu de cobalt puis d'ocre. « Vous n'avez même pas vu votre fiancée nue et vous allez l'épouser. »

« Vous marchez sur mes fleurs. Des roses blanches. »

« Et alors ? Une révélation. La splendeur de votre fiancée nue défiait le plat naturalisme, et l'impressionnisme frais et joyeux rentrait également sous terre devant une chair aussi magnifique, devant une peau aussi vivante. Rentrez donc le ventre, sacré nom de Dieu ! Je n'ai jamais eu un modèle plus divin que Chloé avec son dos splendide, ses parfaites épaules et ses deux superbes fesses pareilles aux deux moitiés du monde ; il vous prend de drôles d'idées quand on voit ça. J'ai éprouvé un plaisir à peindre que je ne connaissais plus depuis longtemps. En général, je n'aime pas peindre les femmes, sauf de temps en temps une grosse comme celle qui posait tout à l'heure. Elles n'ont pas un grand intérêt artistique. Avec un homme, c'est autre chose : là, ce sont justement les déviations de l'idéal classique qui sont intéressantes. Mais Chloé ! Tout chez elle a encore l'unité du paradis, les jambes, les bras, le cou naissent tout naturellement du corps, et la tête est encore une tête de femme. J'en ai aussi fait une statue : là ! »

Il désignait un enchevêtrement confus de fils de fer.

« Mais... »

« Reprenez votre pose de boxeur », ordonna Passap au conseiller mondial de l'église, puis il recula pour examiner son ouvrage à distance, corrigea une ellipse, ôta la toile du chevalet et y installa une autre.

« Voilà. Maintenant mettez-vous à genoux », ordonna-t-il. « Arès après la mêlée. Penchez-vous plus en avant, je n'ai pas des journées devant moi. »

Archilochos, abasourdi et à demi rôti par le poêle protesta encore faiblement.

« Je voudrais tout de même vous prier », commença-t-il mais il fut interrompu par Nadelör qui s'avançait dans l'immense espace en grelottant, pareil à un glaçon ambulant et tintinnabulant, plein de méfiance à l'idée qu'on pût vendre un tableau derrière son dos.

Passap s'emporta.

« Dehors, dehors ! » cria-t-il, et le marchand de tableaux se retira de nouveau dans le climat arctique de l'escalier.

« L'art est mon explication », dit enfin le

peintre, buvant du whisky, peignant et, en même temps, caressant le chat qui était grimpé sur son épaule, « et que cette explication vous suffise ou non, moi je m'en fous totalement. J'ai fait quelque chose de votre fiancée nue, un chef-d'œuvre de proportions, de composition des surfaces, de rythme, de couleurs, de poésie picturale, un monde bleu de cobalt et ocre ! Vous, vous avez l'intention de faire tout autre chose de Chloé quand vous l'aurez nue à votre disposition pour la première fois. Une maman avec des petits enfants. C'est vous, Monsieur, qui abîmez un chef-d'œuvre de la création, pas moi qui ai élevé ce chef-d'œuvre jusqu'à l'absolu, l'éternel, l'irréel. »

« Il est huit heures et quart ! » s'écria Archilochos épouvanté mais soulagé en même temps par l'explication du peintre.

« Et alors ? »

« J'ai rendez-vous avec Chloé à huit heures », expliqua timidement Arnolphe en se préparant à descendre de la chaise à présent entourée de chats miaulant. « Elle m'attend boulevard Saint-Père. »

« Eh bien, elle attendra. Gardez la pose », cria Passap, « l'art est plus important que toutes vos petites histoires d'amour ! » et il continua à peindre.

Archilochos gémit. Le gros chat gris à pattes blanches était monté sur ses épaules et ses griffes lui faisaient mal.

« Silence ! » ordonna Passap, « ne bougez pas ».

« Le chat. »

« Le chat est parfait, pas vous », fit le peintre irrité. « Comment peut-on s'offrir un ventre aussi énorme, et sans alcool encore. »

Nadelör apparut de nouveau (couvert de glace). Il était transi, gémit-il d'une voix si enrouée qu'on l'entendait à peine.

« Personne ne vous a demandé de rester devant ma porte et je ne veux pas de vous dans mon atelier », lui répondit Passap avec rudesse.

« Vous faites des affaires avec moi », croassa le marchand de tableaux, il éternua mais ne put sortir sa main de sa poche car sa manche était collée par la glace à son pantalon.

« Au contraire. C'est vous qui faites des affaires avec moi », tonna le peintre. « Sortez ! »

Le marchand de tableaux se retira pour la troisième fois.

Archilochos n'osait plus rien dire. Passap buvait du whisky, peignait des angles de soixante degrés, des paraboles et des ellipses, fourrait du cobalt sur de l'ocre et de l'ocre sur du cobalt et, au bout d'une demi-heure, le directeur général fut autorisé à se rhabiller.

« Tenez », dit Passap en lui mettant la composition en fil de fer dans les bras, « vous l'installerez à côté de votre lit conjugal, c'est mon cadeau de noces. Pour vous rappeler la beauté de votre femme quand elle se fanera. Et je vous enverrai aussi un de vos portraits quand il sera sec. Et maintenant, décampez. Je supporte encore plus mal les conseillers mondiaux de l'église et les directeurs généraux que les marchands de tableaux. Vous avez de la chance de ressembler au dieu grec de la guerre, sans ça il y a longtemps que je vous aurais foutu dehors tout nu, vous pouvez me croire ! »

Quand Archilochos eut quitté le peintre, les roses blanches dans un bras et, dans l'autre, la carcasse de fil de fer qui devait représenter sa fiancée nue, il rencontra au haut de l'étroit et raide escalier de l'atelier qui n'était en réalité qu'une échelle de meunier, le marchand de tableaux Nadelör sous le nez duquel pendait un long glaçon et qui, lamentablement gelé dans un courant d'air glacial, se pressait contre le mur.

« Vous voyez », se plaignit l'homme transi, d'une voix presque inaudible qui semblait sortir de la crevasse d'un glacier, « je m'en doutais. Vous avez acheté quelque chose. Je proteste. »

« C'est un cadeau de noces », expliqua Arnolphe en commençant à descendre d'un pas prudent, encombré par les fleurs et la statue et furieux de sa stupide aventure car il était déjà près de neuf heures ; mais l'échelle ne se prêtait pas à une rapide descente.

Le marchand de tableaux le suivit.

« Vous devriez avoir honte », continua Nadelör pour autant qu'on pouvait distinguer ses paroles, « je vous ai entendu dire à Passap que vous étiez conseiller mondial de l'église. C'est scandaleux de poser nu quand on occupe une pareille situation ! Nu comme un ver ! »

« Puis-je vous prier de me tenir cette statue ? », demanda au bout d'un instant Archilochos qui n'en pouvait plus (entre le quatrième et le troisième étage, au voisinage de la femme qui continuait à hurler et de l'homme qui poussait des cris de joie), « un instant seulement, mon pied a passé à travers la marche ».

« Impossible », souffla Nadelör, « sans pourcentage, je ne touche pas à une statue. »

« Les fleurs alors. »

« Je ne peux pas », fit le marchand de tableaux en s'excusant, « mes manches sont congelées ».

Ils atteignirent enfin la rue. L'auto couverte de stalactites brillait d'un éclat argentin. Mais le radiateur n'était pas gelé et le moteur marchait. A l'intérieur, il faisait très froid. Le chauffage ne marchait pas, expliqua le chauffeur frissonnant.

« Boulevard Saint-Père, douze », dit Archilochos heureux à la perspective de revoir bientôt sa fiancée.

La voiture allait se mettre en marche quand le marchand de tableaux frappa à la portière.

« Je dois vous prier de m'emmener », entendit plus ou moins indistinctement Arnolphe lorsqu'il baissa la vitre et se pencha vers le bloc de glace. Nadelör était incapable de faire un pas de plus et les taxis étaient rares dans la vieille ville.

« Impossible », dit Archilochos. Il devait aller d'urgence boulevard Saint-Père, il ne s'était déjà que trop attardé.

« Un chrétien comme vous, un conseiller mondial de l'église, vous ne pouvez tout de même pas m'abandonner comme ça », répondit Nadelör indigné. « Je commence déjà à coller au trottoir. »

« Montez », dit Archilochos en ouvrant la portière.

« Il me semble qu'il fait un peu plus chaud ici », dit le marchand de tableaux quand il fut enfin assis à côté d'Archilochos. « J'espère que je vais dégeler. »

Quand ils arrivèrent boulevard Saint-Père, Nadelör n'était toujours pas dégelé mais il dut néanmoins descendre lui aussi du taxi. Le chauffeur ne voulait pas retourner sur le quai. Il en avait assez de ce froid, dit-il, et la voiture fila. Les deux hommes se trouvèrent ensemble devant la grille entourée d'amours et de dauphins sous la lampe rouge à présent éteinte, entre les deux piliers de pierre. Archilochos tira la clochette surannée. Personne ne vint. Le boulevard était désert et l'on entendait au loin les cris assourdis des partisans de Fahrk en train de manifester.

« Monsieur », dit Archilochos énervé par son retard, les fleurs et la statue de fil de fer dans les bras, « il me faut à présent vous laisser. »

Il poussa résolument la porte mais Nadelör le suivit à l'intérieur du parc.

Que voulait-il encore ? demanda Arnolphe furieux de ne pas pouvoir se débarrasser du marchand de tableaux congelé.

Il voulait téléphoner pour commander un taxi, expliqua le propriétaire de la galerie.

« Je connais à peine les gens qui habitent ici... »

« Vous, un conseiller mondial de l'église... »

« Bon », dit Archilochos, « bon, venez. » Le froid était impitoyable. Le marchand de tableaux tintait à chaque pas comme un carillon. Les sapins et les ormes se dressaient immobiles, d'énormes étoiles scintillaient au ciel, rouges et jaunes, et le ruban d'argent de la voie lactée. L'on apercevait entre les troncs d'arbres les fenêtres éclairées d'or sourd d'une villa qui se révéla à leur approche être un petit château rococo, un peu tarabiscoté, flanqué de minces colonnes et tout tapissé de vigne vierge, bien visible dans la nuit claire. Un perron doucement arrondi conduisait à la porte brillamment éclairée et munie d'une lourde sonnette mais personne ne vint leur ouvrir.

Encore une minute et il serait mort de froid, gémit le marchand de tableaux.

Archilochos appuya sur la poignée de la porte. Celle-ci n'était pas fermée à clef. Il allait jeter un coup d'œil à l'intérieur, dit-il.

Nadelör entra avec lui.

« Vous êtes fou ? » siffla Archilochos.

« Je ne peux tout de même pas rester dehors par ce froid... »

« Je ne connais pas cette maison. »

« Un chrétien comme vous... »

« Bon, attendez ici », ordonna Arnolphe.

Ils se trouvaient dans un vestibule. Le mobilier rappela à Archilochos l'appartement particulier de Petit-Paysan ; partout des fleurs, des miroirs, une bienfaisante chaleur. Le dégel du marchand de tableaux commençait déjà et de petits ruisseaux s'écoulaient de lui.

« Ne restez pas sur le tapis », dit sévèrement le

conseiller mondial de l'église, inquiet toutefois de la mine du propriétaire de la galerie dégoulinant.

« Comme vous voudrez », dit celui-ci en se plantant près du porte-parapluies. « Si je pouvais seulement téléphoner bientôt. »

« Je vais demander au maître de maison. »

« Le plus vite possible. »

« Tenez-moi au moins la statue en fil de fer », lui demanda Archilochos.

« Seulement contre un pourcentage. »

Arnolphe posa l'œuvre d'art à côté de Nadelör et ouvrit une porte. Il vit un petit salon avec un canapé, une table à thé, une épinette et de délicats petits fauteuils. Il toussota. Le salon était vide, mais il entendit des pas derrière une porte à deux battants. Ce devait être Mister Weeman. Il traversa le petit salon, frappa.

« Entrez ! »

A sa grande surprise, Arnolphe se trouva devant maître Dutour.

Maître Dutour, petit homme alerte à moustache noire et crinière blanche qui lui donnait l'air artiste, était debout près d'une belle grande table dans une pièce ornée de hauts miroirs à cadres dorés, brillamment éclairée par un lustre à bougies étincelant au plafond comme un arbre de Noël.

« Je vous attendais, Monsieur Archilochos », dit maître Dutour en s'inclinant. « Puis-je vous prier de vous asseoir ? »

Il désigna un fauteuil au conseiller mondial de l'église et s'assit en face de lui. Sur la table s'étalait un document.

Archilochos lui dit qu'il ne comprenait pas.

« Mon cher directeur général », répondit l'avocat en souriant, « j'ai le plaisir de vous annoncer que je suis chargé de vous remettre cette maison en présent. Elle est libre de toute hypothèque et en parfait état, à l'exception de l'extrémité ouest de la toiture qui aura besoin de réparation. »

Archilochos répéta qu'il ne comprenait pas ; il était surpris en effet mais déjà un peu endurci et exercé par les divers coups de chance qu'il avait subis. « Pourriez-vous m'expliquer... »

« Le précédent propriétaire de la maison désire que son nom ne soit pas mentionné. »

Mais Arnolphe déclara qu'il connaissait ce nom ; il s'agissait de Mr Weeman, le célèbre archéologue qui avait fait des fouilles en Grèce et découvert un ancien temple avec d'admirables statues enfouies dans la mousse, et des colonnes d'or.

Maître Dutour regarda Archilochos d'un air étonné et secoua la tête. Il ne pouvait donner aucune information, assura-t-il enfin, le précédent propriétaire désirait savoir sa maison dans des mains grecques et était heureux d'avoir trouvé en Archilochos un homme qui remplissait cette condition. A une époque de corruption et d'immoralité, continua-t-il, à une époque où les crimes les plus odieux sont considrés comme parfaitement normaux, où toute idée de justice s'effondrait, et où l'on revenait à la loi du coup de poing des époques primitives, un juriste en viendrait à désespérer du sens de ses efforts en faveur de l'ordre et de l'équité, s'il n'avait, de temps à autre, l'occasion de préparer et d'exécuter un acte de pur altruisme comme, précisément, la donation de ce castel. Les documents étaient prêts, le directeur général n'avait qu'à les parcourir et à les signer de son nom. Les droits exigés par l'état — le sacrifice usuel à Moloch — étaient déjà réglés.

« Merci », dit Archilochos.

L'hommme de loi lut le document à haute voix et le conseiller de l'église mondiale y apposa sa signature. « Le castel vous appartient », dit l'avocat en se levant.

Archilochos se leva aussi. « Monsieur », dit-il d'un ton solennel « laissez-moi vous exprimer ma joie d'avoir rencontré un homme pour lequel j'éprouve depuis longtemps la plus profonde estime. C'est vous qui avez défendu le pauvre prédicateur. Seul l'esprit se laisse dominer par la chair, avez-vous dit alors, l'âme demeure immaculée... Cette parole m'a très vivement impressionné. »

« Je vous en prie », dit Dutour, « je ne faisais que mon devoir. Malheureusement le prédicateur a été décapité, je ne m'en console pas, j'avais proposé douze ans de prison ; enfin, nous avons évité le pire : on ne l'a pas pendu. »

Archilochos pouvait-il l'importuner encore un instant ? Dutour acquiesça.

« Je vous serais très obligé, maître éminent, de bien vouloir préparer les papiers nécessaires pour mon mariage. »

« Ils sont prêts », répondit l'avocat, « votre chère fiancée me l'avait déjà demandé. »

« Oh », s'écria Arnolphe tout réjoui. « Vous connaissez ma chère fiancée ? »

« J'ai ce plaisir. »

« N'est-ce pas qu'elle est merveilleuse ? »

« Très. »

« Je suis l'homme le plus heureux de la terre. »

« Qui proposez-vous comme témoins ? »

Archilochos avoua qu'il n'y avait pas pensé.

Dutour suggéra l'ambassadeur des Etats-Unis et le recteur de l'université.

Arnolphe hésita.

L'avocat avait déjà leur assentiment. « Il n'est pas nécessaire d'entreprendre de nouvelles démarches. Le mariage éveille un très grand intérêt dans la haute société, on parle partout de votre prodigieuse carrière, mon cher Monsieur Archilochos. »

« Mais ces messieurs ne connaissent pas ma fiancée ! »

Le petit avocat rejeta en arrière sa crinière d'artiste, caressa sa moustache et regarda Arnolphe avec un soupçon de cynisme.

« Je crois bien que si », dit-il.

« Je comprends », fit Archilochos, « ces messieurs fréquentaient chez Gilbert et Elizabeth Weeman. »

Maître Dutour parut déconcerté. « Pour ainsi dire », murmura-t-il enfin.

Arnolphe n'était pas complètement satisfait du choix des témoins.

« Certes, j'admire beaucoup le recteur de l'université. »

« Eh bien, alors. »

« Mais l'ambassadeur des Etats-Unis... »

« Vous avez des scrupules d'ordre politique ? »

« Ce n'est pas ça », répondit Archilochos gêné. « Mister Forster-Monroe occupe la cinquième place dans ma hiérarchie morale du monde, mais il appartient à l'ancienne église presbytérienne dont je ne puis accepter le dogme du pardon universel ; moi, je crois de façon inébranlable à l'éternité du châtiment et de l'enfer. »

L'avocat secoua la tête. « Je ne veux pas entrer dans le détail de vos croyances », dit-il, « mais vous auriez tort de vous gendarmer. Il n'y a vraiment aucun rapport entre l'éternité de l'enfer et votre mariage. »

Archilochos fut soulagé. « C'est bien ce que je me disais aussi », fit-il.

L'homme de loi devait à présent prendre congé, dit-il en fermant sa serviette. « Le mariage civil aura lieu à deux heures précises à l'hôtel de ville. »

Arnolphe voulut le raccompagner jusqu'à la porte d'entrée, mais le petit avocat préférait sortir par le parc ; il écarta un rideau cramoisi et ouvrit une porte-fenêtre. « C'est plus court par là », dit-il.

Un vent glacial s'engouffra dans la pièce.

Il a dû souvent être invité ici, songea Archilochos tandis que les pas rapides du maître résonnaient dans la nuit. Il resta un instant sur la terrasse où conduisait la porte-fenêtre. Il contempla le scintillement des étoiles au-dessus des arbres. Il avait froid, il rentra dans la pièce et ferma la fenêtre. « Les Weeman devaient mener grand train », murmura-t-il.

Archilochos commença à parcourir le petit château rococo qui lui appartenait à présent. Il lui semblait avoir entendu un pas léger dans la pièce voisine, mais il n'y trouva personne. Tout était éclairé, soit par de grandes bougies blanches soit par de petites lampes. Il traversa des salons aux moelleux tapis, aux meubles graciles. Il y avait aux murs de précieuses tapisseries anciennes parfois légèrement usées où l'on voyait des lys d'or pâle sur un fond gris argent, et de magnifiques tableaux qu'il n'osa pas regarder de trop près mais qui le firent rougir à plusieurs reprises, car ils représentaient surtout des dames nues auxquelles des messieurs tenaient compagnie dans le même simple appareil. Il ne trouva Chloé nulle part. Il avait commencé par errer au hasard à travers la maison puis il se mit à suivre une piste brillante faite d'étoiles en papier bleues, rouges et dorées, posées sur les épais tapis et qui devaient sans doute lui indiquer son chemin. Il atteignit l'étage supérieur par un petit escalier dérobé derrière une tapisserie (il était demeuré longtemps déconcerté devant le mur où s'arrêtaient les étoiles avant de découvrir la porte secrète) ; sur chaque marche de l'escalier reposait soit une étoile soit une comète, ou la planète Saturne avec son anneau, puis, plus haut, la lune, plus haut encore, le soleil. Archilochos devenait plus hésitant de marche en marche, son élan l'avait abandonné et son tempérament craintif reprenait le dessus. Il était essoufflé et il serrait dans sa main les roses blanches qu'il n'avait pas lâchées un instant, même pendant son entretien avec maître Dutour. L'escalier en colimaçon débouchait dans une pièce ronde à trois hautes fenêtres, contenant un grand bureau, un globe terrestre, un fauteuil, un lampadaire et un coffre, le tout de style moyenâgeux comme dans le décor de *Faust* ; un rouleau de parchemin jauni posé sur un tabouret portait, écrit avec un bâton de rouge à lèvres : « Cabinet de travail d'Arnolphe. » A la vue du téléphone sur le bureau, Archilochos songea un instant au marchand de tableaux qui devait continuer à s'égoutter à côté du porte-parapluies dans le vestibule du rez-de-chaussée ; peut-être était-il enfin dégelé ; mais Arnolphe oublia vite Nadelör quand il ouvrit la seconde porte du cabinet de travail vers laquelle le conduisaient les étoiles et les comètes car il se trouva dans une chambre à coucher contenant un noble lit ancien à colonnes : la Chambre à coucher d'Arnolphe, comme l'indiquait le parchemin déroulé sur une petite table renaissance. Dans la pièce suivante — il continuait à suivre la piste étoilée — il retrouva l'atmosphère rococo du rez-de-chaussée, c'était un ravissant boudoir éclairé par de petites lampes rouges et contenant tous les menus meubles et bibelots appropriés : Boudoir de Chloé, disait l'inscription tracée avec un bâton de rouge et le parchemin qui la portait était posé sur un petit fauteuil où l'on avait jeté en désordre quelques pièces de lingerie qui laissèrent Archilochos pantois : un soutien-gorge, un porte-jarretelles, une chemise, une petite culotte, le tout d'une blancheur éblouissante ; les bas et les souliers étaient par terre au pied du fauteuil et l'on apercevait par une porte entrouverte, une salle de bains dallée de noir dont la baignoire encastrée dans le sol était remplie d'une eau verte et parfumée d'où s'élevait une légère vapeur, mais les comètes ne s'arrêtaient pas dans la salle de bains, elles menèrent Arnolphe à une autre porte qu'il ouvrit en tenant les fleurs devant lui comme un bouclier. Il entra dans une chambre dont un immense lit à baldaquin occupait le centre ; là cessaient les étoiles et les lunes, quelques-unes seulement collaient au bois précieux du lit où elles conduisaient ; mais l'on n'y voyait personne car les rideaux du baldaquin étaient fermés. Dans la cheminée brûlaient quelques bûches qui projetaient l'ombre gigantesque et vacillante d'Arnolphe sur des tentures rouges brodées d'étranges motifs d'or dont il s'approcha en hésitant. Comme il glissait un coup d'œil entre les rideaux, il n'aperçut d'abord dans la pénombre que les nuages blancs des draps. Il lui sembla cependant entendre un souffle, et il murmura tout bas, plein d'appréhension : Chloé. Personne ne répondit. Il fallait agir mais il aurait préféré quitter cette chambre, sortir du petit château et rentrer dans sa mansarde où il se fût senti en sûreté, loin de ces troublantes étoiles. Il finit, le cœur lourd, par écarter le rideau, et vit celle qu'il cherchait couchée au milieu des boucles noires de ses cheveux dénoués. Elle dormait.

Archilochos était si troublé qu'il se laissa tomber sans force sur le bord du lit et considéra Chloé, mais il n'osait jeter sur elle que des regards timides et intermittents. Il était d'ailleurs fatigué, sa chance effrénée ne lui avait pas laissé le temps de se reposer ni de réfléchir, de sorte que son ombre sur le mouvant rideau de cinabre du baldaquin s'inclinait de plus en plus sur Chloé endormie. Il avisa soudain qu'elle avait entrouvert les yeux depuis un long moment déjà, et qu'elle le considérait à travers ses longs cils.

« Oh », dit-elle comme en s'éveillant, « Arnolphe ! Tu as trouvé facilement le chemin à travers la maison ? »

« Chloé ! » s'écria-t-il encore effrayé. « Tu es couchée dans le lit de Mrs Weeman. »

« Tu oublies que ce lit t'appartient maintenant », fit-elle en riant et elle s'étira.

« Tu as mis Mr et Mrs Weeman au courant de notre amour ? »

Elle parut hésiter. « Naturellement », répondit-elle enfin.

« Et là-dessus, ils nous ont fait cadeau de ce petit château. »

« Ils en ont encore plusieurs en Angleterre. »

« Je me demande... », reprit-il, « je ne réalise pas encore très bien tout cela. Je ne savais pas que les Anglais avaient un esprit aussi social et donnaient des châteaux à leurs femme de chambre. »

« Il paraît que ça se fait dans certaines familles », dit Chloé.

Archilochos hochait la tête : « Et je suis devenu

directeur général de la section des canons atomiques et des forceps », continua-t-il.

« Je sais. »

« Avec un traitement énorme. »

« Tant mieux. »

« Et aussi conseiller mondial de l'église. Il faudra que j'aille à Sydney en mai. »

« Ce sera notre voyage de noces. »

« Non », dit-il en sortant les deux billets de sa poche. « Nous partons vendredi pour la Grèce. Sur le *Julia.* »

Il s'interrompit soudain.

« Mais comment es-tu au courant de ma carrière ? », demanda-t-il stupéfait.

Elle se redressa et elle était si belle qu'Archilochos ferma les yeux. Elle sembla sur le point de dire quelque chose, mais sembla y renoncer avec un soupir après avoir considéré longuement et pensivement Arnolphe, puis elle se laissa retomber sur ses oreillers. « Toute la ville en parle », dit-elle enfin d'une voix étrange.

« Et tu m'épouses demain ? »

« Et toi moi, non ? »

Archilochos n'osait toujours pas lever les yeux car elle avait à présent rejeté ses couvertures. Il ne savait d'ailleurs où poser son regard dans cette chambre, elle était tapissée de tableaux représentant des déesses et des dieux nus. Il n'aurait jamais cru la sèche Mrs Weeman capable d'un tel choix.

Ces Anglaises, tout de même, songea-t-il. Heureusement qu'elles sont bonnes pour leurs domestiques, cela permet de fermer les yeux sur leurs goûts licencieux. Il avait envie de s'étendre, de prendre Chloé dans ses bras et de dormir pendant des heures, profondément et sans rêve, dans les chauds reflets de la cheminée.

« Chloé », dit-il doucement. « Tout ce qui s'est passé est tellement bouleversant pour moi, et pour toi aussi sûrement, qu'il y a des moments où je ne me reconnais plus et où je crois que je suis un autre et que je dois être en réalité dans ma mansarde aux murs tachés et que toi non plus tu n'as jamais existé. Le bonheur est beaucoup plus difficile à supporter que le malheur, m'a dit aujourd'hui l'évêque Moser, et je pense maintenant qu'il a peut-être raison. Le malheur ne surprend pas, c'est dans l'ordre naturel des choses, tandis que le bonheur arrive par hasard et c'est pourquoi j'ai peur que notre bonheur finisse aussi vite qu'il a commencé et que tout cela ne soit qu'un jeu qu'on joue avec nous, avec une femme de chambre et un sous-comptable. »

« Il ne faut pas réfléchir à tout ça, mon chéri », dit Chloé. « Je t'ai attendu toute la journée et te voilà maintenant. Comme tu es beau ! Tu n'ôtes pas ton manteau ? Il vient sûrement de chez O'Neill-Papperer. »

Comme il se disposait à l'ôter, il s'aperçut qu'il tenait toujours le bouquet à la main.

« Je t'ai apporté des roses blanches », dit-il.

Il se pencha sur le lit pour lui donner les fleurs, mais deux bras lisses l'enlacèrent, l'attirèrent.

« Chloé », eut-il encore la force de murmurer, « je ne t'ai même pas exposé les dogmes fondamentaux de l'ancienne nouvelle église presbytérienne. »

A ce moment quelqu'un toussa derrière lui.

Le conseiller mondial de l'église sursauta et Chloé se cacha sous les couvertures en poussant un cri. C'était le propriétaire de la galerie qui venait d'apparaître devant le baldaquin, grelottant, claquant des dents et trempé comme une éponge, les cheveux tombant en minces mèches sur son front, la moustache ruisselante et les vêtements collés au corps, la sculpture en fil de fer de Passap dans les mains. Une longue flaque luisante à la lumière des bougies et où nageaient quelques étoiles de papier s'étendait de ses pieds jusqu'au seuil.

Le marchand de tableaux annonça qu'il était dégelé.

Archilochos le regardait ébahi.

Le propriétaire de la galerie annonça qu'il apportait la sculpture.

Arnolphe se décida enfin, d'un air gêné, à lui demander ce qu'il voulait.

Loin de lui l'intention de les déranger, répondit Nadelör en secouant les bras d'où l'eau coula sur le sol comme de deux tuyaux mais il se voyait forcé de le prier, en sa qualité de chrétien, de conseiller mondial de l'église, de bien vouloir téléphoner d'urgence à un médecin, car il avait une très grosse fièvre, des élancements dans la poitrine et d'abominables douleurs de tête.

« D'accord », dit Arnolphe qui rajusta ses vêtements et se leva. « Vous pourriez peut-être poser la sculpture ici. »

Comme il voudrait, répondit Nadelör en déposant la sculpture à côté du baldaquin, non sans gémir qu'il avait aussi des brûlures de vessie.

« Ma fiancée », présenta Archilochos en désignant le soulèvement des couvertures.

« Vous devriez avoir honte », dit le marchand de tableaux d'où coulaient de nouvelles fontaines, « vous, un chrétien... »

« Mais c'est vraiment ma fiancée ! »

« Vous pouvez compter sur ma discrétion. »

« Et maintenant je vous prie... » dit Archilochos en entraînant Nadelör hors de la chambre, mais le propriétaire de la galerie s'arrêta de nouveau dans le boudoir, près du fauteuil où étaient jetés le soutien-gorge, le porte-jarretelles et le petit pantalon.

Un bain chaud lui ferait du bien, dit-il en désignant d'une main tremblante la porte ouverte de la salle de bains et l'eau verte et fumante de la baignoire.

« Impossible. »

« Vous un conseiller mondial de l'église... »

« Bon, si vous voulez », répondit Archilochos.

Nadelör se déshabilla et se prépara à descendre dans la baignoire.

« Ne partez pas », supplia-t-il, nu comme un ver et couvert de sueur avec de grands yeux brillants de fièvre : « Je pourrais m'évanouir. »

Puis il fallut qu'Archilochos le frictionnât.

Soudain le propriétaire de la galerie prit peur.

« Pourvu que le maître de maison n'arrive pas », geignit-il.

« C'est moi qui suis le maître de maison. »

« Mais vous m'aviez dit... »

« On vient de me faire cadeau de ce petit château. »

L'homme avait beaucoup de fièvre et claquait des dents. « Maître de maison ou pas », dit-il, « moi je ne pars plus d'ici. »

« Mais croyez-moi », insista Archilochos. « Pourquoi n'avez-vous pas confiance en moi ? »

Nadelör soupira qu'il avait tout de même conservé un reste de bon sens et il sortit du bain. « Vous, un chrétien ! Je suis extrêmement déçu ! Vous ne valez pas mieux que les autres. »

Archilochos l'enveloppa dans un peignoir à rayures bleues qu'il trouva pendu au mur de la salle de bains.

« Conduisez-moi maintenant à un lit », gémit le marchand de tableaux.

« Mais... »

« Vous, un conseiller mondial de l'église... »

« Bon. »

Archilochos l'accompagna jusqu'au lit de la chambre renaissance où il se coucha. Arnolphe lui dit qu'il allait maintenant téléphoner au médecin.

«D'abord une bouteille de cognac », demanda le propriétaire de la galerie grelottant et frissonnant. « Ça me fait toujours du bien. Vous, un chrétien... »

Archilochos lui promit d'aller en chercher une à la cave, et se mit en devoir d'y descendre malgré sa fatigue.

Ayant enfin découvert après plusieurs détours un escalier voûté qu'il descendit, Arnolphe entendit des échos joyeux venant de la cave. Tout y était illuminé et, quand il l'atteignit, ses soupçons furent confirmés : son frère Bibi était couché par terre entre les jumeaux Jean-Christophe et Jean-Daniel, chantant des chansons à boire au milieu de bouteilles vides.

« Qui donc descend des sommets vers nous ? » s'écria Bibi ravi en apercevant son frère. « L'oncle Arnolphe ! »

Arnolphe très soucieux lui demanda ce qu'il faisait là.

« On boit de la fine et on étudie une chanson : le Chasseur du Palatinat. »

« Bibi », dit Arnolphe avec une grande dignité, « je désirerai te prier de cesser de chanter. C'est la cave de ma maison. »

« Eh ben », fit Bibi en riant, « on peut dire que tu as fait une brillante carrière. Je te félicite. Planque-toi là, frère Arnolphe, sur ce moelleux divan », et il lui désigna un tonneau vide au milieu d'une flaque rouge. « Allons, les petits », ordonna-t-il aux enfants qui se livraient à une gymnastique de singe sur les genoux et les épaules d'Arnolphe, « chantez un cantique pour votre bon oncle. »

« Soyons toujours loyaux et purs ! », entonnèrent Jean-Christophe et Jean-Daniel de leurs voix de fausset.

Archilochos s'efforça de dominer sa fatigue. « Frère Bibi », commença-t-il, « il faut que je te parle une bonne fois très sérieusement. »

« Plus un son, les jumeaux ! Ecoutez », clama Bibi. « Oncle Arnolphe va faire un discours ! »

« Ce n'est pas que je rougisse de toi », dit Archilochos, « tu es mon frère, et je sais qu'au fond du cœur, tu es un homme très bon et très tranquille, une noble nature. Mais tu as tes faiblesses et je dois me montrer envers toi ferme comme un père. Je t'ai entretenu mais plus je t'ai donné d'argent plus bas vous vous êtes laissés tomber, ta famille et toi, et voilà maintenant que je te trouve couché, ivre, dans ma cave. »

« Simple erreur, frère Arnolphe, j'avais pris

cette cave pour celle du ministre de la guerre. Une erreur banale, te dis-je. »

« C'est encore pis », répondit tristement Arnolphe, « on ne s'introduit pas dans la cave des gens qu'on ne connaît pas. Tu finiras en prison. Maintenant, retourne chez toi avec tes jumeaux et demain tu entreras dans ta nouvelle place à l'usine de Petit-Paysan dans la section des forceps. »

« Chez moi ? Par ce temps glacial ? » demanda Bibi choqué.

« Je vais te commander un taxi. »

« Tu veux faire mourir de froid mes frêles jumeaux », s'indigna Bibi. « Qu'est-ce qu'ils ne vont pas attraper dans notre baraque éventée, par cette température ! Moins vingt degrés. »

On entendit du bruit sous la voûte voisine. Mathieu et Sébastien, douze et neuf ans, arrivèrent en courant, se précipitèrent sur leur oncle, et rejoignirent les jumeaux sur ses genoux et ses épaules.

« Mathieu et Sébastien, jetez vos couteaux quand vous grimpez sur votre bon oncle », ordonna le frère Bibi.

« Mon Dieu », demanda Arnolphe sous ses quatre neveux, « qui as-tu encore amené ici ? »

« Seulement petite-mère et l'oncle capitaine », dit Bibi en débouchant une bouteille de vodka, « et puis Magda-Maria avec son nouveau Jules. »

« L'Anglais ? »

« Comment, l'Anglais ? » fit Bibi étonné. « Il y a belle lurette qu'il s'est tiré. Elle a un Chinois maintenant. »

Quand Arnolphe remonta auprès de Nadelör, celui-ci dormait déjà, tout en délirant de fièvre, et il était trop tard pour appeler un médecin. Archilochos était exténué. Des chants continuaient à monter de la cave. Il n'osa pas suivre une seconde fois la piste d'étoiles et de comètes jusqu'à la chambre de Chloé ; il s'étendit sur le canapé près du fauteuil jonché de lingerie et s'endormit aussitôt, après avoir enfin retiré son pardessus de chez O'Neill-Papperer pour s'en servir comme d'une couverture.

Il fut tiré du sommeil vers huit heures du matin par une soubrette en tablier blanc.

« Vite, Monsieur », fit-elle « prenez votre manteau et allez-vous-en. Le patron dort à côté. »

« Sottise », dit Archilochos. « C'est moi qui suis le patron. Celui qui dort, c'est le propriétaire de la galerie Nadelör. »

« Oh », dit la jeune personne et elle lui fit une petite révérence.

«Comment t'appelles-tu ? » demanda-t-il.

« Sophie. »

« Quel âge as-tu ? »

« Seize ans, Monsieur. »

« Il y a longtemps que tu es ici ? »

« Six mois. »

« C'est Mrs Weeman qui t'as engagée. »

« Non, Monsieur, c'est mademoiselle Chloé. »

Archilochos se dit qu'il devait y avoir quelque confusion mais n'osa pas interroger davantage la jeune servante.

« Monsieur désire du café ? »

« Mademoiselle Chloé est déjà levée ? »

« Elle dort jusqu'à neuf heures. »

Il la verrait donc à neuf heures, dit Archilochos.

« Mon Dieu, non, Monsieur », répondit Sophie en secouant la tête. « A cette heure-là, Mademoiselle prend son bain. »

« A neuf heures et demie, alors ? »

« Elle se fait masser. »

« A dix ? »

« Elle reçoit monsieur Spahtz. »

Archilochos étonné demanda qui c'était.

« Le couturier. »

Mais il voulait voir sa fiancée, s'écria Archilochos désespéré.

« Ah, non ! » dit énergiquement Sophie. « Mademoiselle a beaucoup trop à faire avec tous ces préparatifs de mariage. »

Archilochos vaincu lui demanda de le conduire dans la salle à manger. Il voulait au moins prendre son petit déjeuner.

Il le prit dans la pièce où maître Dutour lui avait remis le petit château. Un maître d'hôtel très digne aux cheveux gris (la maison semblait soudain grouiller de valets et de servantes) lui servit des œufs, du poulet (auquel il ne toucha pas), du moka, du jus d'orange, du raisin et des petits pains fleurant bon, avec du beurre et des confitures, tandis que, derrière les hautes fenêtres, le jour se levait entre les arbres du parc et que les cadeaux de mariage commençaient à se déverser dans le petit château : fleurs, lettres, télégrammes et des montagnes de paquets. Les voitures de la poste s'arrêtaient en donnant de la trompe et les présents s'entassaient de plus en plus haut dans le vestibule, dans le salon, et jusque devant le lit et sur les couvertures du propriétaire de la galerie qu'on avait oublié et qui continuait à trembler de fièvre, digne et muet.

Archilochos s'essuya la bouche avec sa serviette. Il avait mangé pendant près d'une heure, gravement, silencieusement ; il faut dire qu'il n'avait rien avalé depuis ses nouilles et sa pomme râpée chez Georgette. Sur le buffet, se dressaient des bouteilles d'apéritif et de liqueur et s'étalaient de précieuses et odorantes boîtes de cigares, Partagas, Dannemann, Costa Penna, et des boîtes de cigarettes bariolées ; elles le tentèrent pour la première fois de sa vie mais il refréna vertueusement son désir. Il passa agréablement ces heures matinales de maître de maison, un peu troublées néanmoins par les chants joyeux de la famille Bibi qui montaient par instants jusqu'à lui. La grosse cuisinière qui avait à faire à la cave, en remonta, furieuse, décoiffée et presque violée par l'oncle capitaine.

Le maître d'hôtel annonça avec effroi qu'une bande de brigands s'était introduite dans la cave, il voulait téléphoner à la police. Archilochos l'en dissuada :

« Ce n'est que ma famille. »

Le maître d'hôtel s'inclina.

Archilochos lui demanda son nom.

« Tom. »

Son âge ?

« Soixante-quinze ans, Monsieur. »

« Y a-t-il longtemps que vous êtes ici ? »

« Dix ans. »

« C'est Mr Weeman qui vous a engagé ? »

« Non, Monsieur, c'est mademoiselle Chloé. »

Il devait y avoir confusion, pensa de nouveau Archilochos, mais il renonça cette fois encore à en demander davantage. Il était un peu intimidé par ce maître d'hôtel septuagénaire.

Celui-ci l'informa qu'O'Neill-Papperer devait venir à neuf heures. Pour livrer l'habit de noces. Goschenbauer avait déjà fait déposer le chapeau haut de forme.

« Bien. »

« A dix heures, le fonctionnaire de l'état civil. Il reste quelques formalités à accomplir. »

« Parfait. »

« A dix heures et demie, Monsieur Wagner doit venir remettre à Monsieur Archilochos le diplôme de docteur honoris causa de la faculté, pour les services que celui-ci a rendus à la médecine dans la section des forceps. »

« Je le recevrai. »

« A onze heures, l'ambassadeur vient lui apporter une lettre de félicitations du président des Etats-Unis. »

« Je m'en réjouis. »

« A une heure, petite collation avec les témoins du mariage et, à deux heures moins vingt, départ pour l'hôtel de ville. Puis la cérémonie à la chapelle Héloïse et le repas au Ritz. »

Qui donc avait organisé tout cela, demanda Archilochos stupéfait.

« Mademoiselle Chloé. »

« Combien d'invités ? »

Mademoiselle désirait une fête intime. Rien que les proches amis.

« C'est aussi mon avis. »

« L'on n'a donc convié que deux cents personnes. »

Archilochos était un peu étonné. « Bon », dit-il enfin. « Je ne m'y connais pas dans ces choses-là. Faites venir un taxi pour onze heures et demie. »

« Ce n'est pas Robert qui conduira Monsieur ? »

Qui était Robert ? demanda Archilochos.

« Le chauffeur », répondit le maître d'hôtel. Monsieur possédait la plus belle Studebaker rouge de toute la ville.

Surprenant, se dit Archilochos, mais O'Neill-Papperer venait d'arriver.

Il partit donc en voiture pour le Ritz un peu avant onze heures et demie afin de rendre visite à Mr et Mrs Weeman. Il les trouva tous deux dans le hall de l'hôtel, une salle de dimensions féodales meublée d'un vaste assortiment de canapés et de fauteuils de peluche et ornée de tableaux si sombres qu'on avait peine à reconnaître les natures mortes de fruits ou de gibier qui y étaient peintes. Le couple était assis sur un divan et lisait ; lui la nouvelle revue d'archéologie, elle l'organe professionnel des sciences de l'antiquité.

« Mrs et Mr Weeman », leur dit-il avec émotion en tendant deux orchidées à l'Anglaise stupéfaite, « vous êtes les meilleures gens que je connaisse. »

« Well », fit Mr Weeman, il tira sur sa pipe et posa près de lui la nouvelle revue d'archéologie.

« Je vous confère le premier et le deuxième rang dans mon ordre moral universel ! »

« Yes », dit Mr Weeman.

« Qui donne avec cœur mérite d'être remercié avec cœur. »

« Oui », dit Mr Weeman et il regarda sa femme d'un air perplexe.

« Thank you very much ! » s'écria Archilochos.

« Well », dit Mr Weeman puis il répéta « Yes » et sortit son porte-monnaie mais déjà Archilochos avait disparu.

Aimables mais quelque peu réservés, ces Anglais, se dit-il dans sa Studebaker rouge (la plus belle de la ville).

Il n'y avait pas que les vieilles bonnes femmes de l'ancienne nouvelle communauté presbytérienne pour attendre le cortège nuptial devant la chapelle Héloïse ; une foule immense se pressait malgré le froid tout le long des trottoirs de la rue Emil-Kappeler. Les fenêtres de ce quartier miteux étaient abondamment occupées. Des gamins loqueteux pendaient en grappes aux réverbères et à quelques arbres misérables. Enfin, la file de voitures arrivant de l'hôtel de ville déboucha du boulevard Merkling avec, à sa tête, la Studebaker rouge d'où descendirent Chloé et Archilochos. La foule enthousiaste hurla : « Hourrah Archilochos ! Vive Chloé ! » Les amateurs de cyclisme s'enrouaient à force de crier et Madame Bieler et son Auguste (qui n'était pas cette fois en costume cycliste) pleuraient tous les deux. Un instant plus tard, arrivait le carrosse richement décoré du chef de l'état, avec ses six chevaux blancs et ses gardes du corps à casques dorés et panaches blancs sur de sautillants coursiers noirs. La chapelle Héloïse se remplit. L'édifice sans clocher, aux murs naguère blancs mais déjà crasseux, produit raté à tous points de vue de l'architecture religieuse moderne, ressemblait à une petite usine, encadrée par quelques tristes cyprès, et comme on l'avait doté à bon marché du mobilier d'une vieille église démolie et remplacée par un cinéma, l'intérieur pauvre et nu était aussi laid que l'extérieur, avec ses bancs de bois, sa lourde chaire et sa grande croix de travers contre un mur dont les taches verdâtres rappelaient à Archilochos celui de sa mansarde. Des rayons obliques remplis d'une dansante poussière tombaient des fenêtres placées très haut et semblables à des meurtrières. Mais, tandis que les invités commençaient à peupler ce pauvre et pieux décor moisi qui sentait la vieille bonne femme, le parfum bon marché et même un peu le chou-fleur, le sanctuaire se mit à rayonner, gagna de la chaleur, de l'intimité ; l'éclat des pierres et des colliers de perles éclaira la salle ; les épaules et les poitrines brillaient et des nuages des meilleurs parfums s'élevèrent vers les poutres à demi carbonisées (l'église avait failli brûler un jour). L'évêque Moser monta en chaire, très digne dans l'habit sacerdotal de l'ancienne nouvelle église presbytérienne. Il posa la bible aux ors luisants sur le pupitre boiteux, joignit les mains et baissa les yeux, une expression un peu gênée sur son visage vermeil en sueur. Les mariés étaient assis au au pied de la chaire. Les grands yeux noirs et candides de Chloé rayonnaient sous son nuage de tulle où tremblait un rayon de soleil ; Archilochos figé à son côté, un peu gêné lui aussi, méconnaissable en habit (O'Neill-Papperer), son chapeau haut de forme (Goschenbauer), et ses gants blancs (De Stutz et Kalbermatt) sur les genoux, ne gardait de son passé que ses lunettes poussiéreuses à monture de fer légèrement de travers. Derrière eux, mais séparé du reste de l'assistance, avait pris place le chef de l'état barbichu, au visage sillonné d'innombrables rides, aux cheveux de neige, en uniforme galonné d'or de général de cavalerie, son grand sable entre ses jambes maigres chaussées de bottes étincelantes. Derrière le chef de l'état, étaient assis les témoins au mariage : l'ambassadeur des Etats-Unis portant des décorations sur le plastron blanc de son habit, le rector magnificus dans toute sa dignité, puis les invités sur les inconfortables bancs de bois : Petit-Paysan, maître Dutour au côté de son imposante épouse pareille à une montagne enneigée de perles, Passap en habit lui aussi, les mains encore tachées de bleu de cobalt, et enfin ces messieurs aux mines solennelles (il y avait surtout des messieurs) de la haute société, le gratin de la capitale. L'évêque allait enfin commencer son allocution, quand arriva un invité retardataire. C'était Fahrk, le révolutionnaire, qui occupait le dernier rang dans la structure morale mondiale d'Arnolphe, avec son crâne gigantesque et massif, son mufle hirsute, sa crinière rousse tombant entre ses puissantes épaules, et son double menton sur le plastron blanc où se balançait la médaille du Kremlin en or ponctuée de rubis.

Les paroles, commença l'évêque Moser en zézayant et en se balançant, visiblement mal à l'aise, dans sa chaire, les paroles qu'il souhaitait prononcer devant les invités à cette heureuse cérémonie, étaient celles du vingt-septième psaume, un psaume de Salomon où il est écrit : loué soit le Seigneur, le Dieu d'Israël qui, seul, accomplit des miracles.

Il avait aujourd'hui pour mission, continua-t-il, d'unir pour la vie deux êtres qui étaient devenus chers non seulement à lui mais à tous ceux qui se trouvaient rassemblés dans la chapelle Héloïse. L'épouse (ici l'évêque Moser parut hésiter une seconde) avait su gagner le cœur de toutes les personnes présentes. Elle avait prodigué à tous et à chacun (l'évêque devint lyrique) tant de tendresse, de beauté, de dévouement, bref tant de belles heures, que l'on ne pouvait assez l'en remercier (l'évêque épongea son front en sueur). L'époux, reprit l'évêque soulagé, était lui aussi bien digne d'affection ; ce noble cœur allait à présent recevoir tout l'amour que sa fiancée savait offrir si généreusement : ce brave concitoyen avait en très peu de temps attiré sur lui l'attention du monde en devenant, lui, issu d'un milieu modeste, directeur général, conseiller mondial de l'église, docteur honoris causa de la faculté de médecine et consul honoraire des Etats-Unis. S'il est vrai, certes, que tout ce que l'homme entreprend et tout ce qu'il atteint, tous ses titres et tous ses mérites sont éphémères, fétu de paille au vent, zéro comparé à l'Eternel, cette ascension n'en témoignait pas moins de l'intervention de la Grâce (ici Fahrck toussa distinctement). Il ne s'agissait pas ici de la faveur des hommes (ce fut au tour de Petit-Paysan de tousser) mais de celle de Dieu, ainsi que l'enseignent les Ecritures. Ce n'était pas la faveur humaine qui avait élevé Archilochos mais le Seigneur tout seul, bien qu'Il se fût servi pour cela des cœurs humains qu'Il dirigeait selon Ses vues, utilisant les faiblesses humaines, les inclinations humaines pour accomplir Ses desseins, si bien que tout l'honneur Lui en revenait et à Lui seul.

Ainsi prêcha l'évêque Moser et sa voix devenait de plus en plus sonore et puissante, ses mots de plus en plus empreints de noblesse et d'onction, à mesure qu'il s'élevait du particulier au général, à mesure qu'il s'éloignait du point de départ de son discours, c'est-à-dire du couple nuptial, pour parvenir à l'infini, au divin, en une envolée où se révélaient l'excellence et la perfection de l'ordre universel dans lequel la volonté de Dieu faisait tout pour le mieux. Mais quand l'orateur eut terminé, lorsqu'il fut descendu de sa chaire et eut célébré le mariage, et que les deux époux eurent murmuré leur oui, lorsque Archilochos se releva, sa ravissante femme illuminée de bonheur à son bras, et qu'il vit, comme au sortir d'un rêve, la brillante assemblée qui faisait la haie sur son passage, l'imposant chef de l'état, les messieurs et les dames couverts de décorations et de pierreries, tous ces gens puissants, influents, illustres, et, parmi eux, Fahrk qui le regardait d'un air gouailleur sous ses cheveux roux en broussaille, tandis que le petit harmonium commençait à exhaler les accents de la marche nuptiale de Mendelssohn, le Grec au sommet de son heureux destin, face à la foule qui l'attendait et l'enviait, comprit soudain la vérité. Il pâlit, chancela, la sueur inonda son visage.

« J'AI ÉPOUSÉ UNE COURTISANE », prononça-t-il, — et l'on eût dit le cri de désespoir d'un animal blessé à mort —, en s'arrachant à sa femme effrayée qui le suivit jusqu'au porche dans ses voiles flottants, mais il sortit en courant de la chapelle, accueilli par les rires et les quolibets qui jaillirent de la foule à la vue du marié solitaire, car tout le monde comprit aussitôt ce qui s'était passé. Archilochos hésita un instant entre les pauvres cyprès, impressionné par l'énormité de la foule. Puis il passa en courant devant le carrosse du chef de l'état et la rangée des Rolls-Royce et des Buick, fila en zigzag à travers la rue Emil-Kappeler en évitant de son mieux les curieux qui lui barraient le chemin, comme un homme poursuivi, ou comme un gibier qui sent une meute à ses trousses.

« Vive le cocu de la ville ! » — « A bas, à bas ! » — « Arrachez-lui ses vêtements ! »

Des coups de sifflet lui perçaient les oreilles, on lui lançait des injures et des pierres, des voyous couraient après lui, lui faisaient des crocs-en-jambe, lui assenaient des coups au passage, il tomba, se releva, se réfugia enfin, sanglant, dans un immeuble, réussit à se cacher sous un escalier, et écouta dans l'ombre les pas de la meute, au-dessus de sa tête qu'il avait enfouie dans ses bras, jusqu'au moment où ses poursuivants renoncèrent à le découvrir. Il resta ainsi des heures sous l'escalier, grelottant, sanglotant tout bas, tandis que le jour achevait de tomber dans le vestibule glacial.

Elle avait couché avec tous, avec le chef de l'état, avec Passap et maître Dutour, avec tous, gémit-il. L'équilibre monumental de son univers moral s'était écroulé en l'écrasant sous les décombres. Enfin, il se releva, tâtonna à travers le vestibule inconnu, trébucha sur une bicyclette et gagna la rue. Il faisait déjà nuit. Il descendit vers le fleuve par les rues sales et mal éclairées, arriva sous les ponts parmi les criailleries de mendiants couchés là, enveloppés dans de vieux journaux. Un chien aboya dans l'ombre à son passage, des rats glissaient en sifflant, des remous d'eau lui trempèrent les pieds, Au loin la sirène d'un bateau hurlait.

« C'est le troisième de la semaine », croassa un clochard. « Allez, vas-y, saute dans la flotte ! »

« Idiot », ricana un autre. « Il fait bien trop froid. »

On rit.

« Pends-toi, pends-toi », rythma le chœur des mendiants : « C'est plus agréable, c'est plus agréable. »

Il s'éloigna du fleuve, erra au hasard dans la vieille ville. Quelque part, l'Armée du Salut chantait un cantique ; Arnolphe déboucha dans la rue Funèbre où habitait Passap, il pressa le pas, erra pendant des heures dans des régions où il n'avait jamais mis les pieds, des quartiers résidentiels, des faubourgs ouvriers remplis du bruit des radios, passa devant des cabarets louches où tonnaient les chants haineux des partisans de Fahrck, longea des fabriques aux cheminées fantastiques et regagna vers minuit sa vieille mansarde. Il n'alluma pas, il resta là, adossé à la porte qu'il avait refermée derrière lui, tremblant, sale, le frac d'O'Neill-Papperer déchiré ; il avait perdu depuis longtemps le haut de forme de Goschenbauer. Le fracas des chasses d'eau l'accueillit, et le rayon de lumière qui filtrait à travers les vitres poussiéreuses des lucarnes de la façade opposée éclairait tour à tour le lit de fer, la chaise et la table boiteuse sur laquelle reposait la bible, et les tableaux de son ancien ordre universel pendus sur la tenture fanée. Il ouvrit la fenêtre. La mauvaise odeur l'assaillit dans une recrudescence de cataractes. Il arracha l'un après l'autre les tableaux du mur, précipita le chef de l'état, l'évêque, l'ambassadeur des Etats-Unis et jusqu'à la bible dans les profondeurs obscures de l'étroite cour. Il ne laissa au mur que son frère Bibi et ses enfants. Puis il se glissa le long de la corniche de ciment où séchaient de longues rangées de linge, dénoua une corde, laissa tomber sans scrupule les draps de quelque famille et rentra dans sa mansarde. Il poussa la table sous la lampe, monta dessus, noua solidement la corde au crochet qui soutenait la lampe. Cela tenait bon. Puis il fit le nœud coulant. La fenêtre battait, un vent glacé lui balayait le front. Il avait déjà le cou dans le nœud coulant et se préparait à sauter de la table quand la porte de la mansarde s'ouvrit et quelqu'un alluma.

C'était Fahrck, il avait encore son habit du mariage sous une pelisse de fourrure ; au-dessus de la médaille du Kremlin, son lourd visage s'élevait entouré de cheveux hérissés en flammes maléfiques. Deux hommes l'accompagnaient. L'un était le secrétaire de Petit-Paysan qui verrouilla la porte tandis que l'autre, un grand gars vêtu en chauffeur de taxi, fermait la fenêtre en mâchonnant du chewing-gum et posait la chaise contre la porte. Archilochos était debout sur la table boiteuse, la tête dans le nœud coulant sous la lueur fantomale de l'ampoule. Fahrck s'assit sur la chaise, les bras croisés. Le secrétaire s'assit sur le lit. Tous se taisaient, l'on n'entendait plus que l'écho assourdi des chasses d'eau et l'anarchiste considérait attentivement le Grec.

« Eh bien, Monsieur Archilochos », commença-t-il enfin, « vous deviez vous attendre à ma visite ».

« Vous aussi, vous avez couché avec Chloé », murmura Archilochos du haut de sa table.

« Naturellement », répondit Fahrck. « Après tout, c'était le métier de cette belle dame. »

« Allez-vous-en ! »

Le révolutionnaire ne bougea pas. « Chacun de ses amants vous a fait un cadeau de mariage », dit-il. « C'est mon tour à présent : Luginbuhl, donne-lui *mon* cadeau. »

Le géant en uniforme de chauffeur s'approcha de la table sans cesser de mâchonner et posa entre les pieds d'Arnolphe un objet de fer en forme d'œuf.

« Qu'est-ce que c'est que ça ? »

« La justice. »

« Une grenade ? »

Fahrck rit : « Exactement. »

Archilochos sortit sa tête du nœud coulant, descendit précautionneusement de la table branlante et, en hésitant, prit la bombe dans ses mains. Elle était froide et luisait à la lumière.

« Qu'est-ce qu'il faut que j'en fasse ? »

L'autre ne répondit pas tout de suite. Il demeurait assis immobile sur la chaise, ses mains puissantes étalées sur ses genoux.

« Vous vouliez vous tuer », dit-il. « Pourquoi ? »

Archilochos se taisait.

« Il y a deux attitudes possibles vis-à-vis de ce monde », dit lentement Fahrck : « On s'en laisse écraser ou bien on le change. »

« Taisez-vous », cria Archilochos.

« Comme vous voudrez. Pendez-vous alors. »

« Parlez. »

Fahrck rit. « Passe-moi une cigarette, Schubert », dit-il au secrétaire de Petit-Paysan. Luginbuhl la lui alluma avec un gros briquet, et Fahrck se mit à fumer en rejetant de lourds nuages bleus.

« Que dois-je faire ? » s'écria Archilochos.

« Accepter ce que je vous offre. »

« Pourquoi ? »

« Pour renverser l'ordre de la société qui vous ridiculise. »

« C'est impossible. »

« Rien de plus simple au contraire », répondit Fahrck. « Vous devez tuer le chef de l'état. Je m'occupe du reste », et il tapota son ordre du Kremlin.

Archilochos était tout étourdi.

« Ne laissez pas tomber la bombe, elle exploserait », prévint le vieil incendiaire.

« Vous voulez que je devienne un assassin ? »

« Et alors ? Schubert, montre-lui le plan. »

Le secrétaire de Petit-Paysan s'approcha de la table et déplia un papier.

« Petit-Paysan est de mèche avec vous ! » s'écria Archilochos indigné.

« Ne dites pas de bêtise ! » dit Fahrck. « J'ai soudoyé son secrétaire. On a ces gens-là pour une bouchée de pain. »

C'était le plan du palais présidentiel, expliqua le secrétaire en suivant du doigt le dessin. Ici, le mur qui entourait le palais de trois côtés. Il était coupé sur un des côtés par une grille de fer de quatre mètres de haut. Le mur lui-même mesurait deux mètres trente. A gauche du palais, le ministère de l'Economie, à droite le palais du nonce. Dans l'angle formé par la rencontre du ministère de l'Economie et le mur, il y avait une échelle.

Archilochos demanda si l'échelle était là de façon permanente.

« Elle y est cette nuit, cela doit vous suffire », répondit le secrétaire. « Nous vous emmenons en voiture jusqu'au quai. Vous grimpez sur le mur, faites passer l'échelle de l'autre côté et descendez. Vous vous trouvez dans l'ombre d'un sapin. Planquez-vous derrière et attendez que la garde soit passée. Ensuite vous irez derrière le palais. Vous trouverez une petite porte en haut d'un perron de quelques marches. La porte est fermée, voici la clef. »

« Et ensuite ? »

« La chambre à coucher du président est au premier étage où vous accéderez par le grand escalier que vous apercevrez en entrant par la petite porte, cette chambre se trouve au bout d'une galerie, face à l'escalier. Jetez la grenade sur son lit. »

Le secrétaire se tut.

« Et quand je l'aurai jetée ? »

« Repartez par le même chemin », dit le secrétaire. « La garde rentre au palais par le grand portail et vous avez le temps de vous en aller par la cour du ministère de l'Economie devant laquelle notre voiture vous attendra. »

La mansarde était froide et silencieuse. Les chasses d'eau se taisaient. Seul sur la tenture sale pendait frère Bibi avec ses enfants.

« Et alors ? » dit Fahrck mettant fin au silence. « Que dites-vous de cette opération ? »

« Non », s'écria Archilochos, pâle et tremblant d'horreur. « Non ! »

L'autre laissa tomber sa cigarette sur le plancher de bois brut à larges nœuds où elle continua de brûler.

« Ils commencent tous à se récrier comme vous », dit-il. « Comme si on pouvait changer le monde sans assassinat ! »

Dans la chambre contiguë, une servante réveillée par le cri d'Arnolphe se mit à cogner au mur de la mansarde. Archilochos se revit par la pensée, Chloé à son bras, marchant dans la ville hivernale. Il revit le brouillard sur le fleuve avec de grands bateaux d'ombres et de petites lumières. Il vit les beaux jeunes gens qui le saluaient par la fenêtre des tramways et la portière des autos, puis il vit les invités de la noce, couverts d'or, ruisselants de diamants, en habits noirs et robes du soir, cordons rouges, visages blancs dans la lumière dorée du soleil où dansaient des myriades de grains de poussière et, partout, de bienveillants sourires, si méchants au fond ; il revécut l'instant cruel de sa révélation, de sa honte, sa fuite de la chapelle Héloïse entre les cyprès, son hésitation avant de filer en zigzags dans la rue Emil-Kappeler parmi les rires et les cris moqueurs de la foule, il revit les ombres de ses poursuivants s'étendre, gigantesques, devant lui sur l'asphalte du trottoir, il sentit le choc de sa chute sur le sol dur qu'il rougissait de son sang, les pierres, les poings qui l'atteignaient comme des coups de marteau, et sa plongée tremblante sous l'escalier de la maison inconnue, avec l'écho des pas résonnant au-dessus de lui.

« Je le ferai », dit-il.

Résolu à se venger du monde, Archilochos fut conduit par Fahrck et ses compagnons quai Tassigni dans une voiture américaine ; de là, il avait dix minutes à marcher jusqu'au quai de l'Etat (où se trouvait le palais présidentiel). Il était deux heures et quart. Le quai était désert et, au-dessus de la cathédrale Saint-Luc, un quartier de lune éclairait les glaçons flottant dans le fleuve et les bizarres dentelures qui festonnaient les fontaines gelées. Il longea les imposants immeubles, passa sans rencontrer personne devant le « Ritz » et son portier qui faisait les cent pas pour se réchauffer ; seule, la voiture de Fahrck passa deux ou trois fois comme par hasard et s'arrêta devant le ministère de l'Economie où l'anarchiste demanda une direction compliquée au fonctionnaire, de façon qu'Archilochos pût entrer dans la cour sans se faire remarquer. Il y trouva l'échelle contre le mur. Il tâta la bombe dans la poche du vieux manteau rapiécé qu'il avait endossé dans sa mansarde, grimpa à l'échelle, puis, à califourchon sur la crête du mur la fit passer de l'autre côté et descendit. Il se trouvait sur une pelouse gelée dans l'ombre d'un sapin, comme l'avait dit le secrétaire. Des lumières vives brillaient du côté du quai et l'on entendit le klaxon d'une voiture, celle de Fahrck peut-être ; le quartier de lune était maintenant derrière le palais présidentiel, architecture baroque bedonnante, surchargée (reproduite dans tous les livres d'art et louée par tous les historiens d'art). Près de la lune, brillait une grosse étoile et les feux de bord d'un avion passèrent très loin au-dessus. Puis des pas résonnèrent sur le chemin cimenté entourant le palais. Archilochos se plaqua contre le tronc du sapin, dissimulé parmi ses branches qui tombaient jusqu'au sol, l'enveloppant d'une odeur de résine et lui piquant le visage avec leurs aiguilles. Deux gardes du corps s'avancèrent du même pas dans la pénombre, le fusil sur l'épaule et la baïonnette au canon, leurs panaches blancs ondulant sous la lune. Ils s'arrêtèrent devant le sapin. L'un d'eux écarta les branches avec son fusil, mais ils s'éloignèrent sans avoir aperçu le Grec qui retenait son souffle et, se croyant déjà découvert, étreignait la grenade prête au fond de sa poche. Les deux gardes étaient à présent pleinement éclairés par la lune qui faisait briller les casques et les cuirasses dorées de leur uniforme historique. Ils disparurent au coin du palais. Arnolphe s'écarta du sapin et se hâta de gagner la façade de derrière. Tout était baigné de clair de lune : les saules pleureurs dénudés et les grands sapins, un bassin gelé et le palais du nonce. Il trouva tout de suite la porte. La clef s'introduisit sans peine dans la serrure. Il la tourna mais la porte ne s'ouvrit pas. Elle devait être verrouillée de l'intérieur. Archilochos s'affola, les gardes pouvaient revenir à tout moment. Il recula dans la cour pour voir la façade jusqu'en haut. La porte était nichée entre deux géants de marbre tout nus, Castor et Pollux apparemment, soutenant sur leurs épaules un balcon ventru qui devait être d'après ses déductions celui de la chambre à coucher du président. Il commença à grimper au mur dans une espèce d'ivresse, et bien décidé malgré tout à commettre l'attentat ; il gravit un ventre, une poitrine, se cramponna à une barbe marmoréenne, se suspendit à une oreille, se hissa au sommet d'un énorme crâne et parvint sur le balcon. En vain. La fenêtre était fermée et il n'osa pas briser la vitre car il entendait à présent les pas de la garde. Il se coucha sur le sol froid du balcon, les gardes passèrent du même pas, et s'éloignèrent comme la première fois. La fenêtre était surmontée d'une mêlée d'hommes et de femmes nus plus grands que nature, avec des têtes de chevaux dans le tas, et la lune éclairait leurs corps à corps terribles et compliqués. Arnolphe devina qu'il s'agissait d'un épisode de la guerre des Amazones et découvrit parmi les combattants l'ouverture ronde d'un œil-de-bœuf. Il trouva le courage de s'élever jusqu'à ce monde de dieux de marbre, grimpa entre des cuisses et des seins puissants, dans l'angoisse constante que la bombe éclatât dans sa poche, rampa sur des ventres de héros, sur des dos lisses et courbés, se retint de justesse au glaive brandi d'un guerrier alors qu'il se voyait déjà précipité dans le vide et se pressa, le cœur battant d'effroi dans les bras d'une Amazone mourante au délicat visage de marquise qui le considéra tendrement, tandis qu'en bas la garde du corps s'arrêtait soudain au milieu de sa troisième ronde.

Archilochos vit les gardes reculer dans la cour et examiner la façade.

« Y a quelqu'un là-haut », dit l'un d'eux au bout d'un long moment de contemplation.

« Où ? » demanda l'autre.

« Là. »

« Dis pas de bêtises, c'est une ombre entre les dieux. »

« C'est pas des dieux, c'est des Amazones. »

« Qu'est-ce que c'est que ça ? »

« Des femmes qui n'ont qu'un seul sein. »

« Celles-là en ont deux. »

« Le sculpteur a pas fait attention », dit le premier. « Mais y a quelqu'un d'accroché là-haut. Faut le descendre. »

Il mit son fusil en joue. Archilochos ne bougea pas.

L'autre protesta : « Tu vas réveiller tout le quartier avec tes coups de fusil. »

« Mais je te dis qu'y a quelqu'un. »

« Y a personne. Personne peut monter là-haut. »

« Là, t'as raison. »

« Tu vois bien. Allez viens ! »

Ils s'éloignèrent tous les deux du même pas, l'arme à la bretelle. Arnolphe reprit son ascension, atteignit enfin l'œil-de-bœuf, s'y glissa. Il se trouvait au second étage, dans un réduit bas de plafond et nu, inondé de clair de lune. Il était mort de fatigue, couvert de poussière et de fiente d'oiseaux, un peu étourdi par le contraste entre l'Olympe marmoréen et son refuge actuel. Il haletait. Il ouvrit une porte et se trouva dans un vaste vestibule sur lequel s'ouvraient de chaque côté des salles où la lune éclairait des statues entre des colonnes ; il aperçut le grand escalier qui tournait dans l'ombre. Il le descendit avec précaution jusqu'au premier étage, parvint à la galerie dont lui avait parlé le secrétaire, s'approcha des hautes fenêtres pour observer le quai et sursauta, ébloui par les lumières de la ville. En bas dans la cour, on procédait à la relève de la garde, avec tout un cérémonial de saluts, de claquements des talons, de garde-à-vous et de pas de l'oie. Il recula dans la zone d'ombre, se glissa jusqu'à la porte de la chambre à coucher au bout de la galerie et l'ouvrit doucement de la main gauche, la grenade dans sa droite. Le clair de lune brillait à travers la haute porte-fenêtre du balcon où il s'était tapi quelques instants auparavant. Il entra dans la chambre et se tourna vers le lit pour y jeter la grenade, mais il n'y vit personne, pas de président endormi, rien qu'un panier de vaisselle. A part cela, la pièce était vide. Rien ne collait. Les anarchistes, eux aussi, devaient être parfois mal renseignés. Il se retira très déconcerté, mais se mit tout de même à la recherche de sa victime. Il monta au second étage, sa bombe à la main, puis au troisième, parcourut des salles d'apparat et d'état, des salles du conseil, des corridors, des petits salons, traversa vivement des bureaux aux machines à écrire couvertes de leurs housses, des galeries de tableaux, une salle d'armes remplie de vieilles armures, de canons anciens et d'étendards où une hallebarde lui déchira une manche. Enfin, comme il arrivait au quatrième étage en rasant le mur de marbre, une lumière brilla soudain. Quelqu'un venait sûrement d'allumer. Il rassembla son courage et continua d'avancer. La grenade lui donnait un sentiment de puissance. Il se trouva à l'entrée d'un couloir. Sa fatigue était passée. Il parcourut du regard le corridor qui se terminait par une porte. Celle-ci était entrebâillée, et l'on y voyait de la lumière. Il précipita le pas sur le tapis moelleux mais, aussitôt qu'il eut ouvert la porte, s'arrêta la grenade dans sa main levée devant le président en robe de chambre, et cette apparition était si surprenante qu'Archilochos ne put que refourrer la bombe dans la poche de son manteau.

« Excusez-moi », balbutia le prétendant à l'attentat.

« Vous voilà donc, mon cher Monsieur Archilochos », s'écria gaiement le chef de l'état en serrant la main du Grec interdit. « Je vous ai attendu toute la soirée, je vous avais vu par hasard de ma fenêtre en train d'escalader le mur. Excellente idée. Ma garde du corps est beaucoup trop pointilleuse. Ces gars ne vous auraient jamais laissé entrer. Enfin, vous voilà, et je m'en réjouis infiniment. Comment vous êtes-vous introduit dans la maison ? J'allais justement faire descendre mon valet de chambre. J'habite le quatrième étage depuis une semaine ; c'est plus intime qu'au premier mais malheureusement l'ascenseur est souvent en panne. »

La porte de derrière était ouverte, balbutia Archilochos qui avait laissé passer le moment fatidique et se trouvait d'ailleurs trop près de sa victime.

« Ça se trouvait bien », fit le président satisfait. « Mon valet de chambre, l'antique Ludwig, je l'appelle Ludovic (il a d'ailleurs bien plus que moi le physique d'un homme d'état) nous a préparé un petit médianoche. »

« Je vous en prie », fit Archilochos en rougissant ; il craignait de déranger.

« Absolument pas », lui assura le vieux monsieur barbichu. « A mon âge, on ne dort pas beaucoup, le froid aux pieds, les rhumatismes, les soucis privés et professionnels, l'instabilité du pouvoir présidentiel sous notre constitution, alors je me fais parfois servir une petite collation durant ces longues nuits dans mon palais solitaire. Heureusement qu'on y a installé le chauffage central l'année dernière. »

« Il fait une chaleur très agréable », approuva Archilochos.

« Mais qu'est-ce qui vous est arrivé ? » s'étonna le président. « Vous êtes tout couvert de poussière. Ludovic, donnez-lui un petit coup de brosse. »

« Monsieur permet », fit le valet de chambre en débarrassant le conspirateur de la poussière et des fientes d'oiseau qu'il avait ramassées sur la façade. Archilochos n'osa pas refuser bien qu'il tremblât que le coup de brosse ne fît exploser la bombe au fond de sa poche. Il se sentit soulagé quand le valet de chambre lui prit son manteau.

« Vous ressemblez à mon maître d'hôtel du boulevard Saint-Père », lui dit-il.

« C'est mon demi-frère », répondit le valet de chambre, « mon cadet de vingt ans ».

« Nous avons beaucoup de choses à nous dire, je crois », dit le chef de l'état à son assassin en le conduisant à travers le couloir à présent brillamment illuminé.

Ils entrèrent dans une petite chambre donnant sur le quai, éclairée par des bougies ; un guéridon était dressé dans l'embrasure d'une fenêtre, chargé de précieuses porcelaines et de cristaux étincelants sur une nappe blanche.

Je vais l'étrangler, ce sera le plus simple, s'exhorta Archilochos.

« Asseyons-nous, mon très cher », dit le vieux président plein d'urbanité en touchant légèrement le bras d'Arnolphe. « D'ici, nous pourrons regarder dans la cour si ça nous amuse, et voir ces messieurs de la garde avec leurs panaches blancs. Ils seraient bien étonnés de savoir que quelqu'un s'est introduit auprès de moi. L'échelle est une excellente idée et me plaît d'autant plus qu'il m'arrive, à moi aussi, d'escalader le mur au milieu de la nuit comme vous venez de le faire, mais cela tout à fait entre nous. Un vieux chef d'état est parfois obligé de recourir à de tels moyens, il y a dans la vie d'un homme d'honneur des circonstances qui ne regardent pas ces messieurs de la presse. Ludovic, verse-nous du champagne. »

« Merci », dit Archilochos, mais je le tuerai quand même, songea-t-il.

« Il y a du poussin », se réjouit le vieux monsieur. « Nous en avons toujours au menu, Ludovic et moi. Champagne et poussin composent à trois heures du matin un souper très acceptable. Je suis sûr que votre escalade vous a donné faim. »

« Un peu », dit Archilochos très sincère en se rappelant son ascension de la façade.

Le service du valet de chambre était impeccable bien qu'il tremblât visiblement.

« Ne faites pas attention au tremblement de Ludovic », dit le président. « Il a été au service de mes six derniers prédécesseurs. »

Arnolphe essuya ses lunettes avec sa serviette. La bombe aurait été plus commode, se dit-il. Il ne savait pas comment s'y prendre. Il ne pouvait tout de même pas dire « excusez-moi » et se mettre à étrangler son hôte, et puis il allait falloir aussi tuer le valet de chambre pour l'empêcher d'alerter la garde, ce qui risquait de compliquer encore les choses.

Il mangea et but, d'abord pour gagner du temps et s'adapter aux nouvelles circonstances, puis, parce qu'il trouva fort bon ce qu'on lui servait. La présence du vieux président lui faisait du bien. Il avait l'impression d'être auprès d'un père à qui il pouvait tout avouer.

Ce poussin était délicieux, constata le chef de l'état.

« C'est bien vrai », acquiesça Archilochos.

« Et le champagne est très convenable. »

« Je n'aurais jamais cru qu'il pouvait y avoir des choses aussi exquises », reconnut Archilochos.

« Causons tout en mangeant, ne nous gênons pas l'un pour l'autre, parlons de votre belle Chloé, car c'est bien elle la source de votre souci », proposa gentiment le vieux monsieur.

« Je suis sorti très choqué de la chapelle Héloïse lorsque j'ai compris tout d'un coup la vérité », dit Archilochos.

« J'en ai eu l'impression en effet », fit le président.

« Quand je vous ai vu assis là dans l'église avec toutes vos décorations, il m'est soudain venu à l'idée que vous n'assistiez au mariage que parce que Chloé et vous... »

« Vous me méprisez beaucoup ? » demanda le président.

« Vous étiez mon modèle. Je vous considérais comme un antialcoolique convaincu », avoua timidement Archilochos.

« C'est la presse qui me fait cette réputation », grommela le chef d'état. On me photographie toujours, un verre de lait à la main, cela fait partie de la campagne du gouvernement contre l'alcoolisme. »

« On disait aussi que vous étiez très strict sur le chapitre de la morale. »

« C'est une opinion que répandent les clubs de femmes. Vous êtes antialcoolique ? »

« Et même végétarien. »

« Mais vous buvez du champagne et vous mangez du poussin ? »

« Je n'ai plus d'idéal. »

« Vous m'en voyez désolé. »

« Tout n'est que tartuferie. »

« Et Chloé ? »

« Vous savez bien ce qu'est Chloé. »

« La vérité », commença le chef de l'état en reposant sur le bord de son assiette l'os de poussin qu'il venait de sucer et en écartant un peu le candélabre posé entre eux deux, « la vérité est toujours un peu gênante quand elle apparaît au grand jour, pas seulement chez les femmes, mais chez tous les hommes et encore plus dans l'état. Moi aussi je voudrais bien parfois fuir mon palais que je trouve infect rien que du point de vue architectural, comme vous avez fui la chapelle Héloïse, mais je n'en ai pas tout à fait le courage, alors je fais le mur en cachette. Je ne veux excuser personne », continua-t-il, « et moi moins que quiconque. C'est d'ailleurs là un domaine dont il est difficile de parler dignement, quoique, si la chose est possible, c'est la nuit et entre quatre-z-yeux, parce que les opinions et les considérations morales interviennent trop souvent dans des conversations où elles n'ont que faire, et parce que les vertus, les passions et les défauts des hommes sont si mêlés que le mépris et la haine naissent facilement là où il ne devrait s'agir que d'estime et d'amour. Je ne vous dirai donc qu'une seule chose, mon cher : s'il est un être que j'envie, c'est vous, et s'il en est un pour qui je tremble, c'est encore vous. J'ai dû partager Chloé avec beaucoup d'autres », reprit-il après un court silence en se carrant dans son fauteuil capitonné et en regardant affectueusement Archilochos. « C'était la reine d'un royaume sombre et élémentaire. C'était une courtisane. La plus célèbre de la ville. Je ne veux pas farder la vérité, je suis trop vieux pour cela. Je lui suis reconnaissant de l'amour qu'elle m'a donné et personne ne m'inspire autant de gratitude. Elle s'est à présent éloignée de nous tous et est venue à vous, son mariage était donc pour nous une fête d'adieux et de remerciements. »

Le vieil homme d'état se tut en passant une main rêveuse sur sa barbiche soignée, le valet de chambre versa le champagne et l'on entendit au-dehors les ordres impérieux et le pas de l'oie de la garde. Archilochos s'était, lui aussi, enfoncé dans son fauteuil et il lui souvint avec répugnance de la bombe inutile dans la poche de son manteau lorsqu'en jetant un regard entre les rideaux de la fenêtre il aperçut la voiture de Fahrk arrêtée devant le ministère de l'Economie.

« En ce qui vous concerne, mon cher », poursuivit doucement le président tout en allumant un petit cigare clair que le valet de chambre venait de lui présenter (Archilochos aussi fumait), « je comprends parfaitement votre agitation. Quel homme dans votre situation ne se sentirait pas blessé ? Mais ce sont précisément ces sentiments si naturels qu'il faut combattre, car ce sont eux qui provoquent les pires scandales. Je ne peux pas vous aider, je ne peux qu'espérer que vous surmonterez un état de fait que personne ne peut nier mais qui ne deviendra insignifiant que si vous êtes assez fort pour croire à l'amour que Chloé vous apporte. Le miracle qui s'est produit entre vous n'est possible et croyable que par l'amour car, sans cet amour, ce ne serait qu'une farce. Il vous faudra donc cheminer sur une étroite passerelle au-dessus de dangereux précipices, comme les Musulmans marchent sur un sabre pour entrer au paradis. J'ai lu ça quelque part. Mais prenez encore un peu de poussin », offrit-il à son assassin défaillant, « il est vraiment délicieux, et c'est toujours une petite consolation ».

Archilochos demeurait assis sous l'éclat des bougies, plongé dans la bienfaisante chaleur de la pièce. Aux murs, dans de lourds cadres dorés, des hommes d'état et des héros depuis longtemps oubliés le considéraient pensivement, gravement, de toute la distance de l'éternité. Une paix inconnue jusqu'alors avait envahi son esprit, une joie incompréhensible, née, non des paroles du président, car ce n'étaient que des paroles, mais de son attitude bienveillante, courtoise et paternelle.

« Vous avez été favorisé », dit encore le vieux monsieur. « L'essence de cette faveur peut être double et il dépend de vous qu'elle soit l'un ou l'autre : l'amour si vous croyez à cet amour, ou le mal si vous ne croyez pas à l'amour. L'amour est un miracle toujours possible, le mal un fait toujours réel. La justice condamne le mal, l'espoir veut l'amender, l'amour ne le reconnaît pas. L'amour est capable d'accepter la grâce telle qu'elle est. Il n'y a rien de plus difficile, je le sais. Le monde est horrible et absurde. L'espoir qu'il existe un sens derrière cette absurdité, derrière cette horreur, n'appartient qu'à ceux qui aiment en dépit de tout. »

Il se tut et Archilochos s'aperçut qu'il pouvait recommencer à penser à Chloé sans fureur et sans dégoût.

Quand les bougies furent consumées, le chef de l'état aida Archilochos à endosser le manteau dans la poche duquel se trouvait la bombe devenue superflue, et descendit avec lui l'escalier, car l'ascenseur ne fonctionnait pas, pour l'accompagner jusqu'au grand portail ; il ne voulait pas, comme il dit, embêter Ludovic qui s'était endormi debout, raide et correct à côté du fauteuil de son maître, performance, dit le vieux président, qui méritait qu'on la respectât. Ils traversèrent donc ensemble le palais vide, descendirent le large escalier tournant, Archilochos heureux, réconcilié avec le monde et plein de désir pour Chloé, et le chef de l'état pareil à un directeur de musée allumant telle pièce ou telle autre et donnant les explications nécessaires. C'était ici qu'il présidait, disait-il en montrant une immense salle d'apparat, ou bien : c'était là qu'il recevait deux fois par mois la démission des présidents du conseil, et là, dans ce salon intime sous un Raphaël presque authentique, il avait offert le thé à la reine d'Angleterre et au prince son époux et avait failli s'endormir quand celui-ci s'était mis à parler marine car rien ne l'ennuyait autant que les histoires navales et seule la présence d'esprit du chef du protocole avait évité un désastre, en le réveillant au moment décisif et en lui soufflant une réponse maritime. A part cela, ils avaient été tout à fait gentils, ces Anglais. Là-dessus Archilochos et son hôte se séparèrent comme deux amis qui ont parlé à cœur ouvert et sont en paix l'un avec l'autre. Au portail, le vieux président lui fit un dernier signe d'adieu en souriant gaiement. Archilochos lui rendit son salut. Le palais s'élevait obscurément dans la nuit froide, pareil à une gigantesque et lourde commode ; le quartier de lune avait disparu. Arnolphe passa devant la garde qui le salua et sortit sur le quai de l'Etat mais tourna dans la ruelle Etter entre la nonciature et l'ambassade de Suisse, car il apercevait la voiture de Fahrck qui se mettait en marche devant le ministère de l'Economie pour se diriger vers lui ; il déboucha rue Stäbi devant le bar Pfyffersche et, là, prit un taxi ; il ne voulait plus revoir Fahrk. Enfin, il traversa le parc du castel en courant, possédé par la seule pensée de serrer Chloé dans ses bras. La petite façade rococo était toute éclairée. Des chansons gueulées à tue-tête l'accueillirent. La porte était ouverte. La fumée des cigares et des pipes flottait en épais nuages jaunes, le frère Bibi et sa famille occupaient à présent toute la maison. Partout s'étalaient, assis ou couchés, les membres de sa bande, soûls, et braillant sur les canapés, sous les tables, emmitouflés dans les rideaux arrachés ; tous les vagabonds, les souteneurs, les jeunes prostitués de la ville semblaient s'être donné rendez-vous là, des femmes gloussaient dans les lits, des seins nus luisaient, des gibiers de potence s'empiffraient dans la cuisine, mastiquaient bruyamment, mettant à sac la cave et les celliers ; Mathieu et Sébastien jouaient au hockey dans la salle à manger avec deux jambes de bois ; dans le couloir, petite-mère et l'oncle capitaine s'exerçaient au lancer du couteau tandis que les jumeaux jouaient aux billes avec l'œil de verre de ce dernier et que Théophile et Gottlieb descendaient l'escalier sur la rampe, des filles sur leurs genoux. En proie à de douloureux pressentiments, Arnolphe courut à l'étage supérieur, passa devant le propriétaire de la galerie Nadelör toujours secoué de fièvre au fond de son lit, traversa le boudoir où l'on entendait dans la salle de bains des voix d'hommes et des bruits d'eau dominés par les accents aigus de Magda-Maria et, quand il se précipita dans la chambre à coucher, ce fut pour y trouver le frère Bibi et une de ses maîtresses (déshabillée) dans le lit. Chloé demeurait introuvable bien qu'il eût regardé, cherché, fouillé partout.

« Où est Chloé ? »

« Voyons, frère ! » dit Bibi avec reproche en mâchant un cigare. « On n'entre pas sans frapper dans une chambre à coucher. »

Bibi ne poursuivit pas son discours. Son frère avait subi une métamorphose. Il avait couru à son petit château avec les sentiments les plus tendres, rempli d'amour, rempli du désir de Chloé, mais tous ses sentiments tournaient à présent en courroux. L'absurdité d'avoir entretenu des années tous ces gens, l'insolence avec laquelle ils avaient envahi sa maison, la peur d'avoir perdu Chloé par sa propre faute, le transformèrent en fou furieux. Il devint un Arès, un dieu guerrier grec, comme l'avait prévu Passap dont il saisit la statue en fil de fer pour l'assener sur l'indigne Bibi qui mâchonnait son cigare et se prélassait avec sa belle dans le lit de son frère ; Bibi se leva d'un bond en hurlant et reçut un direct à la mâchoire qui l'envoya rebondir contre la porte où Arnolphe le roua de coups, puis il traîna la maîtresse par les cheveux dans le couloir et la lança sur le capitaine qui accourait au secours de Bibi en proférant des menaces, sur quoi tous deux roulèrent dans l'escalier. De toutes les portes surgissaient à présent des joueurs de couteaux, des souteneurs et autres misérables qui se précipitèrent sur Arnolphe, certains étaient des membres de sa famille comme Théophile et Gottlieb qu'il jeta dans la cage de l'escalier dérobé, suivis de Nadelör et du lit renaissance, comme Sébastien et Mathieu qu'il assomma à coups de poing, comme Magda-Maria accompagnée de son prétendant (chinois) qu'il jeta par la fenêtre dans le parc au milieu d'un bris de vitre ; d'autres étaient un ramassis de gueux inconnus. Les jambes de bois sifflaient dans l'air avec les pieds de chaises, le sang coulait, les filles se sauvaient, petite-mère s'évanouit, les jeunes prostitués et faux monnayeurs s'enfuyaient, la tête dans les épaules en piaillant de peur comme des rats. Arnolphe assenait des coups autour de lui, étranglait, griffait, assommait, piétinait, défonçait des crânes, battait deux fronts l'un contre l'autre, violait une putain, tandis que jambes de bois, coups de poing américains, matraques en caoutchouc et bouteilles rebondissaient sur lui ; il se dégageait, se redressait, écumant, en loques, empoignait une table ronde en guise de bouclier, des vases, des sièges, des tableaux, Jean-Christophe et Jean-Daniel en guise de projectiles et, avançant toujours, écrasant, lacérant tout sur son passage, il mit la bande d'apaches à la porte de sa maison où les tentures se détachaient à présent en lambeaux, drapeaux flottant dans les courants d'air glacés qui dissipaient les nuages de tabac. Enfin, il jeta sur la meute hurlante la grenade à main qui éclaira le jardin en même temps que les premiers rayons de l'aube.

Il demeura longtemps après cela à l'entrée de son petit château démoli et regarda le jour argentin se lever derrière les ormes et les sapins du parc. Un vent tiède souffla, secouant les arbres, c'était le dégel. La glace fondait sur la toiture, l'eau coulait dans les gouttières. Tout dégoulinait, d'énormes murs de nuages passaient au-dessus des toits et des jardins, lourds et gonflés. La pluie se mit à tomber en voiles transparents. Abattu, à peine vêtu, Nadelör passa devant lui en traînant la jambe dans le matin mouillé.

« Vous, un chrétien... »

Archilochos n'y prêta pas attention. Il regardait devant lui, les yeux gonflés, couvert de sang figé, son habit de noces déchiré montrant la doublure, ses lunettes perdues.

Ire FIN

(Suit l'épilogue à l'usage des bibliothèques publiques.)

Il se mit à la recherche de Chloé.

« Mon Dieu, Monsieur Arnolphe », s'écria Georgette quand elle le vit devant son comptoir et qu'il lui eut commandé un pernod. « Mon Dieu, qu'est-ce qui vous arrive ? »

« Je ne trouve pas Chloé. »

Le café était plein de clients. Auguste servait. Archilochos but son pernod et en commanda un second.

« Avez-vous bien cherché partout ? » demanda madame Bieler.

« Chez Passap, chez l'évêque, partout. »

« Elle reviendra », fit Georgette consolatrice, « les femmes ne se perdent pas comme ça. Elles sont souvent là où on ne pense pas à les chercher. »

Et elle lui servit un troisième pernod.

« Enfin, il se soûle ! » annonça Auguste avec satisfaction aux amateurs de cyclisme.

Archilochos poursuivit ses recherches. Il alla dans les couvents, dans les pensions de famille, dans les immeubles d'habitation, Chloé restait introuvable. Il errait dans son petit château vide, dans son parc vide, foulant les herbes mouillées. Seuls les arbres frémissaient, seuls les nuages passaient au-dessus des toits. Une subite nostalgie s'empara de lui, un profond désir de voir la Grèce, les rochers rouges, les sombres bocages, le Péloponnèse. Deux heures plus tard, il s'embarquait. L'auto de la bande de Fahrck lança sur le *Julia* qui s'enfonçait dans la brume aux accents de la sirène, sous la fumée de ses cheminées, quelques coups de fusil destinés au conspirateur renégat, mais ils n'atteignirent que le drapeau vert et or qui se balançait mollement à l'avant.

Mr et Mrs Weeman voyageaient sur le *Julia* et le regardèrent avec inquiétude quand il s'approcha d'eux, un après-midi.

Méditerranée. Le pont ensoleillé. Des chaises longues partout. Archilochos dit :

« J'ai déjà eu l'honneur de parler quelquefois avec vous. »

« Well », grommela Mr Weeman.

Arnolphe s'excusa. Il y avait eu un malentendu.

« Yes », fit Mr Weeman.

Archilochos le pria alors de l'employer aux fouilles qu'il faisait dans son pays.

« Well », répondit Mr Weeman. Il referma sa revue d'archéologie, puis il dit en bourrant sa courte pipe : « Yes. »

C'est ainsi qu'il commença à fouiller le sol grec à la recherche d'antiquités, dans une région du Péloponnèse qui ne correspondait en rien à l'image qu'il s'était faite de son pays. Il creusait la terre avec une pelle sous un soleil impitoyable. Cailloutis, serpents, scorpions et quelques oliviers tordus se détachant sur l'horizon. Collines nues, sources taries, pas un brin d'herbe. Un vautour volant obstinément en cercle au-dessus de sa tête. Il creusa un mamelon pendant des semaines, couvert de sueur ; le trou s'élargissait lentement, un mur de sable croulant apparut enfin, le sable brillait au soleil, se glissait sous ses ongles, lui irritait les yeux. Mr Weeman espérait avoir dégagé un temple de Zeus, Mrs Weeman pensait qu'il s'agissait d'un sanctuaire d'Aphrodite. L'on entendait les éclats de leur querelle à des kilomètres à la ronde. Les Grecs les avaient quittés depuis longtemps. Des insectes cruels bourdonnaient, les mouches lui couvraient le visage, marchaient sur ses yeux. C'était le crépuscule, un âne brayait au loin douloureusement. La nuit était froide. Archilochos se coucha sous sa tente près du lieu des fouilles. Mr et Mrs Weeman dormaient à dix kilomètres de là, dans la misérable auberge de la capitale de la province. Des oiseaux de nuit, des chauves-souris, volaient autour de la tente. Un animal inconnu, un loup peut-être, hurla, puis tout redevint silencieux. Il se rendormit. Au matin, il crut entendre un pas léger. Il dormit encore. Quand un soleil incandescent et rouge s'éleva derrière les collines chauves et toucha la tente de ses rayons, il se leva. Il se traîna jusqu'au lieu de son travail, jusqu'au mur. Il faisait encore froid. Dans le trou, c'était encore presque la nuit. Il avait mal partout. Un long tas de sable se dressait devant lui, luisant vaguement dans la demi-obscurité ; dès ses premiers et prudents coups de pelle, il perçut une résistance. La déesse de l'amour ou bien Zeus, pensa-t-il curieux de voir qui avait raison de Mr ou de Mrs Weeman, il se mit à fouiller à deux mains, écarta le sable, et dégagea Chloé.

Il osait à peine respirer et contemplait sa bien-aimée. « Chloé ! » s'écria-t-il enfin. « Chloé, comment es-tu arrivée ici ? »

Elle ouvrit les yeux, toujours couchée dans le sable.

« Bien simplement », répondit-elle. « Nous avions deux billets. »

Ils s'assirent ensuite sur le mur et regardèrent le paysage grec, les petites collines nues sous l'implacable soleil, les oliviers tordus au loin, et l'éclat blanc de la capitale de la province à l'horizon.

« C'est la patrie », dit-elle, « la tienne et la mienne ».

« Où étais-tu donc ? » demanda-t-il. « Je t'ai cherchée dans toute la ville. »

« Chez Georgette. En haut, dans l'appartement. »

Deux points bougeaient à l'horizon, se rapprochèrent. Mr et Mrs Weeman.

Elle lui tint alors un discours d'amour, un peu à la manière de Diotime à Socrate (d'une conception moins profonde car Chloé Saloniki, fille d'un commerçant grec, précisons ici son origine, avait un bon sens plus robuste et pratique).

« Vois-tu », dit-elle tandis que le vent jouait avec ses cheveux, que le soleil continuait à s'élever dans le ciel et les Anglais sur leurs ânes à se rapprocher, « tu sais maintenant ce que j'ai été, la situation s'est clarifiée entre nous. J'en avais assez de mon métier qui était dur comme tous les métiers honnêtes. Mais cela m'attristait aussi. J'avais besoin d'aimer, besoin de m'occuper de quelqu'un, de n'être pas là seulement pour son plaisir mais aussi pour ses chagrins, alors, un matin que le brouillard enveloppait mon château, par un temps triste et sombre qui durait depuis des semaines, quand j'ai lu dans *Le Soir* qu'un Grec cherchait une Grecque, j'ai résolu d'aimer ce Grec-là, lui seul, et personne d'autre, quoi qu'il advînt et quel qu'il fût. Je suis donc venue te trouver, ce dimanche-là à dix heures du matin, avec une rose. Je ne voulais pas me faire passer pour une autre. J'avais mis mes plus beaux vêtements. Puisque je voulais te prendre tel que tu étais, il fallait que, toi aussi, tu me prennes telle que j'étais, et quand je t'ai vu assis à ta table, tout gêné et timide, en train d'essuyer tes lunettes devant ton lait fumant, je me suis mise à t'aimer. Alors, comme tu croyais que j'étais une jeune fille, que tu manifestais si peu de connaissance du monde, que tu étais incapable de deviner mon métier, comme l'avaient fait tout de suite Georgette et son mari, je n'ai pas eu le courage de troubler ton rêve. Je craignais de te perdre et je n'ai fait qu'empirer les choses. Ton amour devint risible et, quand à la chapelle Héloïse tu as découvert la vérité, cet amour s'est effondré avec tout ton univers. C'était bien ainsi. Tu ne devais pas m'aimer dans le mensonge mais, seul, l'amour est plus grand que la vérité qui a failli nous anéantir. Il fallait détruire ton amour aveugle pour le bien de l'amour lucide, le seul qui vaille. »

Il s'écoula un certain temps avant qu'Archilochos et Chloé pussent rentrer chez eux. Le régime s'était effondré. Fahrck portant sa décoration du Kremlin sous son double menton, prit le gouvernail. Le ciel nocturne rougeoya. Partout des drapeaux, partout des haut-parleurs : U.S.A. go home. Partout des banderoles, partout de gigantesques portraits de Lénine et du chef du gouvernement soviétique qui n'était pas encore alors complètement renversé. Mais le Kremlin était loin, le dollar indispensable, le pouvoir séduisant. Fahrck passa dans le camp occidental, fit arrêter le chef de la police secrète (le secrétaire de Petit-Paysan) et emménagea dignement dans le pâlais présidentiel du quai de l'Etat, protégé par la même garde du corps à casques dorés et panaches blancs que son prédécesseur ; il fit soigneusement friser ses cheveux roux et tailler sa moustache. Il modéra ses méthodes de gouvernement, mit une sourdine à ses opinions et, par un beau matin de Pâques, se rendit à la cathédrale Saint-Luc. L'ordre bourgeois fut rétabli, mais Archilochos et Chloé ne s'y sentaient plus à l'aise. Ils s'efforcèrent quelque temps de s'adapter, ouvrirent une pension de famille dans le petit château. Passap s'y installa, démonétisé (en art, Fahrk demeurait fidèle au réalisme socialiste) ; leurs autres hôtes étaient maître Dutour, ruiné lui aussi, Hercule Wagner et son imposante épouse également sur le sable, et le chef de l'état renversé qui observait poliment les événements, enfin Petit-Paysan (l'association avec le trust du caoutchouc et du pétrole avait causé sa perte) qui accomplissait des besognes domestiques : une société de nouveaux pauvres. Seul manquait l'évêque. Il s'était converti à la nouvelle église presbytérienne des avant-derniers chrétiens. Les pensionnaires buvaient du lait, et de l'eau Perrier le dimanche, menaient une existence tranquille, l'été sous les arbres du parc, assoupis dans la douceur universelle. Archilochos était troublé. Il se rendit chez son frère qui cultivait un jardinet de banlieue avec petite-mère, l'oncle capitaine et les enfants ; la raclée avait fait merveille : Mathieu avait passé le concours de l'école normale d'instituteurs, Magda-Maria l'examen de jardinière d'enfants, les autres travaillaient en usine ou s'étaient engagés dans l'Armée du Salut. Mais Arnolphe ne s'attarda pas longtemps chez eux. La vertueuse atmosphère, la pipe de l'oncle capitaine et le tricot de petite-mère l'ennuyaient, et Bibi aussi qui fréquentait à présent la chapelle Héloïse à sa place, quatre fois par semaine.

« Vous avez mauvaise mine, monsieur Arnolphe », lui dit Georgette quand elle le revit à son comptoir (derrière lequel s'alignaient les bouteilles et où trônait à présent le portrait de Fahrk dans un cadre d'edelweiss). « Vous avez des soucis ? »

Elle lui tendit un verre de pernod.

« Tout le monde boit du lait », grommela-t-il. « Les amateurs de cyclisme et même votre mari à présent. »

« Qu'est-ce que vous voulez », répondit Auguste toujours en maillot jaune en frottant ses jambes velues. « Le gouvernement a décrété une nouvelle campagne antialcoolique. D'ailleurs, moi, je suis un sportif. »

Archilochos remarqua alors que Georgette débouchait une bouteille de Perrier.

Elle aussi, songea-t-il mélancoliquement. Et quand il fut couché à côté de Chloé dans le lit à baldaquin, derrière les rideaux rouges et tandis que les bûches brûlaient dans la cheminée, il dit :

« Certes, nous sommes très bien dans notre petit château avec nos pensionnaires satisfaits et vieillissants, je ne voudrais pas me plaindre, mais l'atmosphère vertueuse qui règne à présent me pèse un peu. J'ai l'impression d'avoir converti le monde à mes principes et réciproquement, de sorte que ça revient au même et que tout a été inutile. »

Chloé s'était redressée sur ses oreillers.

« Je ne peux pas m'empêcher de penser à ce mur dans notre pays », dit-elle. « Et à la nuit où je m'étais enfouie dans le sable pour te surprendre. Comme j'étais couchée là dans le petit matin à regarder les vautours qui volaient au-dessus du mur, j'ai senti sous moi quelque chose de dur comme de la pierre, et la forme de deux demi-sphères. »

« La déesse de l'amour », s'écria Archilochos en sautant à bas du lit. Chloé s'était levée elle aussi.

« Il ne faut pas cesser de chercher la déesse de l'amour », chuchota-t-elle, « sinon, elle nous abandonnera ».

Ils s'habillèrent sans bruit, préparèrent une valise et, quand, après avoir longtemps frappé à la porte, Sophie entra dans la chambre vers onze heures du matin suivie des pensionnaires inquiets, il n'y avait personne.

FIN

« Bibliothèque Albin Michel »

au format de poche :

1.	JACQUES CHARDONNE	*L'Épithalame*
2.	THOMAS MANN	*Les Têtes interverties*
3.	HENRI BÉRAUD	*Le Vitriol de Lune*
4.	GUY DE MAUPASSANT	*Contes choisis*
5.	OCTAVE MIRBEAU	*L'Abbé Jules*
6.	BENJAMIN PÉRET	*Anthologie de l'Amour sublime*
7.	RAINER MARIA RILKE	*Correspondance avec Marie de la Tour et Taxis*
8.	HENRY JAMES	*Confiance*
9.	JOHN FOWLES	*La Tour d'ébène*
10.	IRÈNE NÉMIROVSKY	*Les Chiens et les Loups*
11.	VASCO PRATOLINI	*Chronique des pauvres amants*
12.	FRIEDRICH DÜRRENMATT	*Grec cherche Grecque*

La reproduction photomécanique,
l'impression et le brochage
de cet ouvrage ont été réalisés
par l'imprimerie Pollina à Luçon
pour les Éditions Albin Michel

N° d'édition 10258. N° d'impression 10031
Dépôt légal avril 1988